07

All about Love

07

All about Love

愛與，擁有後的遺憾

I'll Say Love is a Crime

著 —— *KAI*

07 —— All about Love

Chapter

愛與，擁有後的遺憾

序曲—倘若愛情本身就是一種原罪，
那麼要如何才能獲得救贖？—004
之一—寄居蟹—008
之二—終點的模樣—028
之三—雨神特拉洛克—050
之四—或許，妳就是小曼吧—071
之五—都是註定的—097

之六——跨越了界線 — 119
之七——就算是百萬分之一的偏差都不行 — 144
之八——毛茸茸小白熊寶貝 — 173
之九——我是喜歡妳，還是喜歡那個喜歡妳的自己呢 — 182
之十——生命本質上便懷有重要的匱缺，並從他者的存在而完滿 — 200
後記 — 222

I'll Say Love is a Crime by Kai

序曲／倘若愛情本身就是一種原罪，那麼要如何才能獲得救贖？

我開著福特 Tierra 從外側車道順向滑入了汐止交流道，才剛切入平面車道沒多久，馬上就進入了雨水像被噴霧器擠壓出來的氣霧裡，氣霧緩慢且連續的覆蓋在路面以及大樓身上。

每次從外地回到汐止，就好像到了某個朝聖地似的，雨就像有著沉重心情的信徒從四面八方到此聚集，然後就以一種釋放（但卻不是很負責任）的姿態靜靜的放下、落下。車子音響的儀表板上顯示著 PM10:33，音量 20，音樂慢慢飄了出來 Coldplay—Yellow，音樂雖然從耳朵進入但卻直接衝進了胸腔裡喧鬧，一陣一陣讓胸口開始疼痛，我把音量盡可能的轉小，留有雨刷滑過的聲音以及掛在後照鏡上的鈴噹聲，鈴噹聲猛然的將回憶帶上一種迷濛般的真實，無意識的，我將目光很自然的放到左手腕 Citizen 錶上，PM10:23，這樣的動作召喚記憶從腦海深處衝出，我感到有些不適應，索性在辦公大樓附近把車停下來，按下雙黃燈的按鈕，將座椅調斜躺下……

『記得，凱，房間裡還有車子裡的時鐘我都調快十分鐘，這樣才不容易遲到喔，這是我的習慣。當你看到時鐘的時間就記得抬起手看看手錶，別忘了喔。』

叩叩。

我用力敲打右側腦袋兩下，這是在分手後兩年之間每每想起蓉時的習慣動作，雖然想起她總是讓自己很懊惱，但敲打完以後並不會讓自己容易清醒，反而因為這習慣動作而更感到異常難過。人生就是這樣，總是不停的想要掙脫習慣，等到掙脫後卻又被另一種習慣吞噬，就像走進到處都是爛泥的沼澤地裡，更要命的是，那就是我，真實的我，並不是一時鬼迷心竅也不是外力影響才踏進去的，就算有好萊塢電影裡的時光機器讓我回到了過去，我想我還是會重蹈覆轍，沒有第二條路可走。

我用手指揉著太陽穴，蓉的影像漸漸退進黑幕中，接著浮上來的是經常夢到的下半身透明的人，那是蓉在很久以前跟我說的小故事，她說：很久以前，當世界還處於混沌的時候，人類不只是由男和女兩種人所組成的，而是有男男、女女和男女三種人，換句話說，就是由現在兩人份的素材作成一個人，因此，每人都很滿足的在過生活，既平安又快樂，但後來，因為犯了過錯而激怒天神，天神一刀將人都劈成了一半，乾乾淨淨的分成兩個人，結果，世界就變成只有男人和女人，所以一直到現在，所有人都本能性的不停尋找應該只屬於自己的剩下那半身，汲汲營營的度過人生。

他們犯了什麼過錯呢？我問。

原罪。蓉說。

在分開以後，那混沌世界裡被天神劈成兩半的人就經常出現在我的夢裡，有各式各樣奇怪的人，有些人頭上長著山羊角，有些人臀部掛著暹羅貓一模一樣的尾巴，有些人則是長著像公獅一般的鬃毛和蜥蜴般的雙眼，唯一相同的是，他們的表情都很慌張，眼神飄忽不定，就連靜下來的時候身體還是會不停的發抖，頸部以下都是半透明，儘管他們努力想要擁抱對方，但卻都像抱住空氣一般落空，就這樣擁抱落空再擁抱再落空不停的循環。我在夢裡望著底下不斷的東奔西走的人群，心中感到恐懼，正當有恐懼念頭的時候，我的下半身也開始變成透明，我瞪大眼心口一陣悶痛後就嚇醒了，後來我思考著原罪，那是不是神在創造完美的人類時就已經預見，還是因為神的理想主義被人類所破滅後才真的被激怒？我不知道，神會做什麼事情我一點也不知道，我只知道，一個人躺在空空蕩蕩的房間床上、一個人在半夜加班的辦公室裡、一個人在前往台北的高鐵火車上從夢中醒來後，身上仍然揹負著什麼東西沉重的活著，那東西**就是**原罪吧。

男女本能性東奔西走尋找另一半的原罪，被惡魔誘惑偷嚐禁果的原罪，換個角度想，會相遇也是原罪所造成，錯過也是，再更細微一點，連相遇的時間都是一種形式的原罪，而所謂對的人，在幾千萬年時間的輪動後又顯得太空泛，沒有人能明白說得出，你（妳）就是我完美的另一半。我深吸一口氣，腦海裡那些不知所措的半透明人左右張望著，他們懷著原始的本能擁抱對方，期待著然後落空，剩下的只有揹負在身上長滿荊棘的原罪，我把氣長長的吐了出來，糾葛的回憶就像雙黃燈閃爍的聲音，有種宿命性的規律但又無奈，雨不停放棄希望般落下，望著從擋風玻璃滑下的水線，我思考著……

倘若愛情本身就是一種原罪，那麼要如何才能獲得救贖？

之一／寄居蟹

「凱，你知道嗎？我就像寄居蟹一樣，只能活在純然自我的封閉空間，在小小的世界裡去放逐矛盾的靈魂，我無力也無法承受任何的關愛，即使我想即使我渴望，但還是不行，因為我試了很多次，最後都搞得一團糟，然後我狼狽的逃開那些關愛的眼神、那些保護我的動作，我試著保持低調不希望傷害到任何人，但最後還是必須揹負著很多令人失望的話語，那些話語都會令我非常難過，你懂嗎？」

樺的眼神不時的望著遠方和地上，她穿著藍色小碎花連身裙，頂著一頭及肩微捲的頭髮，雙手習慣性撥弄著她的裙襬，我們從森林公園的南側入口進入，沿著湖邊彎曲的小路走著。那是個不會感覺到悶熱的八月夏夜，有些微風輕輕撥動樺的髮絲，遠方不時有籃球撞擊地面以及球鞋在地面上摩擦的聲音，高架橋上的車聲像遠方被強風吹著的海浪似的一波波傳過來。

我鼓起勇氣說：「那，我呢，在妳心中我到底扮演什麼樣的角色，我們雖然認識了好久，但我總是不知道，那個在妳心中的我。」我緩緩說道，雖然並肩走著，但眼神還是不敢望向她，就怕樺的美麗眼神將我內心的一切都勾出來一樣。

「你知道嗎？對我而言，你就像是我灰色世界裡的唯一陽光，溫暖而有力的支撐我的人生，但，我是如此害怕依賴你的自己，從沒有辦法回饋於你，我知道的喔，每次這種情況我都會害怕，害怕被關愛的一切都是假的，害怕那種落差，就像是把我從深谷裡帶到了天堂，卻在踩到雲朵的那一瞬間又再度跌落了谷底，而你卻跟其他人不一樣，雖然是陽光，但是遠遠的照著我，很溫暖，但我卻很明白我無法再繼續靠近了，很怕一切的一切又會再度輪迴，到時候我是真的無法承受。」樺將眼神轉向了我。「我想，這些就夠了，有風吹，有夜燈，有上弦月，我們所能承受的就這些了。」

樺轉身繼續往前漫步，望著她的背影，我心中滿滿是問號，我不了解所謂的回饋所謂的陽光所謂的承受是什麼，我是如此喜歡著樺，那熱度沸騰得如此不可思議，她曾經是我某一段人生的重要支柱，我為了這樣一個人而活著呀，那時我站在小路的終端，不曉得該走下去還是該繼續停留，夏夜的風很溫柔地吹拂著我們，不知不覺，我的二十歲，就在樺消失以後被迫孤獨的結束，但我們之間的句點卻還沒出現，一直到我遇見蓉。

□

認識樺是在十五歲那年的台中，暑假剛過，我踏進重組過後的國三班級的教室裡，這是A－Plus班，也就是所謂的資優班，在這裡，每當你考試考差的時候每個老師都會說：「你在A－Plus耶，考這什麼分數，不覺得很丟臉嗎？」那種不入流的話。有些同學信以為真把自己幻想成天之驕子，在成績掉下來的時候簡直就像死了爸媽般重度憂慮。而我呢，很可惜的，我並不像他們有著超凡的智商堂堂正正的踏進A－Plus，我的智力測驗分數只能看得出我是個正常會走會跳的男生罷了，能夠踏進來是因為教務主任是母親的多年好友，所以我並不是很在意成績的起伏，雖然名次常常敬陪末座，手心和小腿經常紅紅的，但倒也比班上的同學們快樂許多，對我來說唯一的缺點就是跟班上的同學幾乎都不熟，有的人甚至到現在同班快一年也都叫不出名字。

暑假剛過，我躡手躡腳的走進教室，彷彿很害怕讓人看到我的智商似的，找到位子坐定後，我前面的女孩掉了一支筆，那支筆彷彿宿命性的一直滾到我的腳邊，我撿了起來，那是一支有香水味的，筆尖部位被削得很秀氣的利百代HB鉛筆，女孩轉過頭來淡淡的跟我說聲謝謝又轉回頭去，就這樣，淡淡的轉過來又轉回去，我好像跟什麼美好的事物擦身而過一般，有種莫名的遺憾，我的背脊不自覺的伸直，視線的窗框突然縮小許多，我只能望著她及肩發亮的直髮呆住，十五年來第一次有這樣的感覺，我心想奇怪，這一年裡我怎麼都沒注意過她呢？還是曾經注意過但卻沒有這麼強大的感覺，好想再看她一次我想，我的手本能性輕拍了她的肩膀一下，這舉動讓我自己都嚇一跳，她轉過頭來，我又再次呆住，她乾淨的臉上內嵌一對微微上飄的鳳眼，雖說是鳳眼但卻閃爍著深沉的黑亮，不算是一般雜誌或是電視上太過犀利的美女，但是在我眼前的她卻有將周圍光芒都壓蓋住的能力，眼前只剩下她那雙眼睛散發著閃動的光。她看我沒說話，眉頭一皺又轉回去，這時我才回過神來，真糟糕！我心裡在不斷的罵自己，我很想呼喚她再讓她轉頭一次，但卻不知道怎麼開口了，「妳好，剛剛我沒注意到妳的臉。」好蠢，「妳叫什麼名字呢？」我們至少也同班快一年了，這樣問也太怪，「我很喜歡妳的眼睛。」凱，你瘋了嗎？

這樣的情況持續了一段時間，我始終都沒有跟她聊過，頂多就是在傳考試卷碰觸到她的手，不然就是偶爾在上學時在腳踏車停車場遇見，我們的第一次對話是在月考之後，那時，我正習慣性望著她的背發呆。

「嘿！老師在叫你。」

她兩顆黑得發亮的水晶眼珠朝向我說著，我回過神卻已經來不及了，我被老師叫出去唸了一頓，可是老師說了些什麼我完全不記得了，甚至好像有被打了幾下手心，因為那堂是國文課，而我的國文考了一個全班最低標五十九分，可是我完全忽略了，就這麼放空著再走回座椅上。

「你都不會痛嗎？」樺小聲用氣音對我說。

我望著她。「妳……妳好，我是凱。」卻結巴的牙齒抖到快掉下來。

「呵，你說什麼呀，我是樺，我知道你是凱啊，同學，我們同班也快一年吧。」

樺笑了出來，我害羞的整個人僵住，這就是我們第一次的對話，她當時的笑容我至今都還記得很清楚，令人產生暈眩的笑容，令人忘記時間這種東西的笑容，現在想一想，其實我沒有看過第二次了。

但很可惜的，在那之後，我跟樺並沒有因此而熟識，由於A－Plus是排名選位制，所以基本上輪到我的時候已沒有太多好位置可選，第一次月考後我坐到了梅花座去，那群女生經常計畫性的坐在一起隔絕跟男生有接觸的機會，我坐了過去對她們來說，簡直就像長城外的異鄉客跑進中原城鎮裡一樣，也算是破壞了她們原先的計畫，當然同時也離樺很遠。雖然一開始很格格不入，但後來，坐在我前方和左方的女孩不知為什麼開始嘰嘰喳喳的找我聊A－Plus的八卦，誰對誰有好感，誰又討厭誰，誰看見誰和誰牽手之類的，還有數學老師的兒子長得很醜，地理老師到現在還沒嫁也是她們聊的範圍。

她們就像常見的愛算命女孩們對著陌生人談論起個人命運這回事，或許是因為我這個人對她們沒有什麼利害關係，所以她們能聊得更起勁吧，不到兩個星期的時間，雖然還不算熟識，但是我們三個也很自然的無話不談，其中一位高個兒女孩開始對我感興趣，經常喜歡單獨的找我去教室走廊聊天，她叫作雨芹，是個身材修長個性非常大剌剌的女孩。在聖誕節的前一天，很低溫的午後，她來到我家說是要送我圍巾，那天午後的陽光從落地窗穿透進來，很冰涼的金黃色將電視櫃染亮了一半，家裡面沒有人四周非常安靜，我家在七樓，靜得連公寓樓下馬路上有人交談的聲音都很清楚，雨芹主動抱住我然後吻我，我們靜靜的在客廳沙發上接吻，我動作有些笨拙，她問我是不是第一次，我點頭。

她笑著說：「不是這樣，要上唇對下唇。」

我們吻著持續一段不算長的時間，在唇與唇接觸的時候，我原先以為那感覺會像是漫畫裡所說的有甜甜的味道，但完全沒有，我感覺到的就只有對方呼出來的氣、空空的味道，而且，在接吻的時候我還想起樺，腦袋中感到有些混亂，身體好像不是我的，樺的臉龐不斷浮上來，我真的好想見她一面，但我卻在跟眼前的女孩接吻而且必須專心，我心裡只是怕不專心的話也許她會難過，所以才小心翼翼的跟她接吻，這個吻就像在做什麼高難度的組裝工程般讓我幾乎流出汗水，就這樣，因為不得不專心，人生重要的初吻就不見了，當然，有些事情是無法選擇的。後來，我們交往了大概只有兩個星期的時間就分開，到底有沒有交往我也不是很清楚，我們在回家的路上牽著腳踏車散步偶爾偷偷牽手，我不會主動吻她，她對這點有些不高興，我對她偶爾的任性不說話感到不習慣，由於我的腦海裡都是樺，我想還是不得不誠實的跟她表白一切，我們在晚上輔導課的時候坐在學校體育館的階梯上談。

那天晚上天空星星異常的多，她出乎意料成熟的說了一句：「反正，愛情不就都這樣。」然後就這麼轉身回去教室裡，望著雨芹的背影，我感覺很多東西好混亂，初吻空空的感覺，雨芹臉龐湊近我的表情，互相擁抱的感覺，分開的感覺……等，我搖搖頭，好想就這麼躲進我內心喜歡樺的世界裡，就只有這樣單純的念頭，然而，到底，什麼是喜歡呢？我心中一直不斷反覆問自己，終於，在一個全班還在操場上體育課的下午，我和樺有機會單獨相處在教室裡，而我心中也有了些類似答案的東西。

□

那是一個晴朗的冬天下午，我因為有點發燒所以提早走回教室休息，我看到了樺正靜靜的坐在窗戶旁，她手拿著筆輕輕在書本上移動著，偶爾托著腮看著窗外爬滿教師宿舍水泥牆的九重葛枯枝，我放慢腳步走了進去，樺側過頭對我淡淡的笑了一下。

「怎……怎麼了，沒……去上課？」我結巴了。

樺見我又結巴，輕輕的漾開笑容，像湖面的漣漪一般。「今天感冒，有點不舒服。」她說。

樺拿起保溫瓶打開喝了一口水，霧氣冒了出來，我坐回自己的位置背對著她，雙手把抽屜的書拿了出來又放回抽屜，將掛在一旁書包裡的筆袋拿了起來，拉開拉鏈拿出原子筆來轉呀轉的，筆掉到了地上，我撿起來後轉了一陣子又掉下去，不知所以然的重複著這些動作，我實在不曉得怎麼開口對她說話，樺的身邊似乎包著一層光暈般，感覺既模糊又遙遠但卻近在身邊。

過沒多久，我的背被什麼筆狀物戳了一下，我轉過頭去，她坐到我後面手拿著一張紙遮住臉下半部只露出有神的雙眼，那張紙上面寫著『你有摩托車嗎？』

我把那張紙拿過來寫了幾個字：『有，我媽的，我經常偷騎出去。』把紙拿給了她。她那雙黑亮的眼睛注視著白紙，然後寫了幾個字又用一樣的動作看著我。

『那你可以載我去市區拿我的藝術照嗎？』我瞪大眼睛吞了好大的一口口水，咕嚕一聲，我把紙拿了過來。

『當然可以』我把紙拿給她。

我把紙又遞給了她，教室裡沒有半個人，我們把紙條傳來傳去，碰觸樺拿過來的紙張，上面原子筆的香水味撲鼻而來，是玫瑰花的香味吧我想，我幾乎可以想像到那紙張還留在筆記本裡時被樺捧在胸懷的溫熱感，還有那原子筆被她緊緊握在手中的緊實感，雖然沒有交談，但只要有樺在的地方，不管是在我心中或是現實生活裡都有股很確實的力量，那股力量讓我不再感覺混亂，就像有個溫熱的手掌覆蓋在心口那樣感覺到安心，我喜歡樺，這是千真萬確的，而且是無法計量的喜歡，就連喜歡這個字眼都快承受不了我對她的感覺，幾乎可以說是為了某人而有活著的感覺。

星期六的早上十一點半，我們在校門口見面，她雙手拎著一個白色的小包包依在她的膝前，身體倚靠在學校的圍牆上，穿著一件墨綠色排釦大衣，而大衣下只看見露出一小圈深藍色格子裙，黑色的褲襪和繫著蝴蝶結的黑色娃娃鞋，雙腿筆直向下構成美好線條，右耳旁多一串麻花辮嬌柔的躺在筆直的髮上，用一個細長的白色髮夾固定住，光線灑在她的臉頰上，風拂過她的髮間，這幅美麗的畫渾然天成。我很早就到，而且在她看不見的地方怔怔的望著這幅畫好久，一直到約定的時間才出現。

「你有借到摩托車嗎？」樺問。

「沒有耶，我媽媽要用車，不好意思吶，我們坐計程車去吧。」

「不不，太貴了呢，我們坐公車去吧。」

「沒關係，我們坐計程車過去吧。這一點錢我還是有的喔。」我說。

「嘿，凱，你真是特別的人吶。」樺在車上對我說。我心跳又加速了，但我還是故作鎮定的偶爾乾咳幾聲，用手梳梳耳邊的髮。

「怎麼說？」

「不知道，就覺得你很真實，跟班上那些整天為了分數少了幾分就爭得面紅耳赤的男生不同喲，我看得出來，對了，你有兄弟姐妹嗎？」

「一個小兩歲的妹妹，妳呢？」

「我有一個大我三歲的姐姐，真好吶，有你這樣的哥哥一定很快樂。」

「說的也是，我妹揍我的時候臉部表情都很愉快。」我說完，樺笑得很開懷。

第一廣場中央的透明金字塔豎立著，那是個仿羅浮宮但是比羅浮宮還小七百倍左右的建築物，後來被九二一大地震給震垮，在地下室還發現無名女屍，讓第一廣場失去了原本的風采，但是在失去風采之前的那個年代的台中不管是揹著書包偷偷約會的學生情侶、從未見過面但是已經互相瘋狂愛上對方的筆友、打電話約學生妹出來做性交易的老伯伯，都會說『我們就約在第一廣場的金字塔前吧』，就像台北人會說『我們就約在新光三越的石獅子前吧』一樣。

週末，金字塔前人來人往的，廣場附近的鞋店大聲播放著大概是水叮噹樂團之類吵鬧的歌曲，以及重複著跳樓大拍賣的叫賣聲，幾隻流浪狗在車陣中以讓人捏把冷汗的動作穿梭著，我們迅速的拿完藝術照後，樺建議走去中商附近，她不想待在人多車雜的地方，我正好也想去唱片行走走，所以我們離開了第一廣場，市區的街道被一整排的騎樓所盤踞著，騎樓下有的在賣檳榔有的修理摩托車，當然也少不了許多的太陽堂、酥餅類的，但似乎台中人都不習慣太早開店，中午十二點多仍有為數不少的店拉下一半的藍色鐵門。

我和樺並肩走著，微熱的羞澀空氣在我身上圍繞著，過了馬路後就是中正公園，空氣好像也漸漸清新起來，公園湖邊的草地上有一群人帶著自己的狗在那聚會著，樺走了過去撫摸其中兩隻米格魯以及吉娃娃的頭，拉布拉多在我的腳邊翕動牠的鼻子嗅著，有一隻黃金獵犬被主人訓練著接飛盤，結果沒有接到也找不到飛盤在草皮上兜圈圈，身上金毛的色澤在陽光下非常耀眼，樺跟我聊著她家裡吉娃娃離家出走幾天又自己跑回來的神奇事件，我們漫步在草皮上，冬天溫暖的陽光將樺的臉頰撲上了淡淡胭紅。

「凱，你會不會覺得我是個怪人呢？」樺用手指勾了一下耳邊的髮。

「怎麼會呢。」我驚訝的說。

「其實我啊，在班上沒有朋友，我是第一次跟男生出來也不是騙人的喔，然後，我有注意過你喔，看著你跟周圍的女孩聊天的樣子，很羨慕啊，我跟她們已經相處一年了，而你才坐過去一個月，就已經比我對她們還要熟了，或許這也是我覺得你很特別的地方吧。」

我感到有些害羞，但同時又想到雨芹而感到有些罪惡，我不能說她的事吧，那段戀情變成了秘密，我的初吻變成了秘密，像一張廢棄的紙壓在心底。

「我也不知道我跟她們的熟識程度是怎樣，或許我的表面功夫還可以吧，但是妳絕對不是怪人，妳在我心中可是很……」我停頓了一下，我想說很美麗很迷人，但話到嘴邊卻卡住了，喉嚨裡的溫度突然上升。

「唔？很怎樣？」樺瞪大了眼睛看著我。

「很閃閃發亮喔。」

樺輕輕的笑著，像含羞草一般。

「可能妳比較不善於做表面工夫吧，尤其是對女生，不要看我這個樣子，跟她們聊天的時候也要很小心喔，千萬不能讓她們的自尊心被毀掉，她們都是自命不凡的女孩，所以如果我跟她們說『其實男生群那邊覺得妳們根本就是花痴』這樣的話，她們不跳樓才怪，所以我每天可是兢兢業業的為了不讓她們跳樓而活著，妳了解我的痛苦嗎？」對於她們我決定用比較輕鬆的東西帶過，樺笑開，路面幾乎快融化了。

「我的確不太能做表面工夫，而且對於很多事情又常常懶得解釋，你知道女生很多小團體的，今天誰跟誰好、明天誰又跟誰不好，弄得我腦袋都糊塗了，所以為什麼我經常坐在靠角落窗戶邊，就是為了離那暴風中心遠一點，我也是兢兢業業的活著呢，所以我們算是同病相憐。」樺吐了一下舌尖。

「應該是臭味相投吧。」

「你才臭呢。」樺又拍打了我右手臂一下。「不過，我真的很容易被誤會，好像在這個世界裡，不去據理力爭些什麼，就必須被強迫承認些什麼，也就是說默認，大家心裡都是這麼想『你看，他不說也不否認，我看是承認了吧』，可是事實並不是想像中簡單啊，我只是因為無法抽絲剝繭將複雜解釋給他們聽吶，因為連我自己都不了解了。」樺的手不時的撥弄裙襬。

「因為事實不是只有一個要素所構成的，有許多不同有善有惡的原因穿插編織成的，就像我爸，從我小時候就常喝醉吵架甚至打我媽到現在，當我憤憤不平的怨懟著我爸時，又會被我母親罵，說什麼你爸其實是個好人只是交了壞朋友之類的，我還曾因此離家出走喔，說離家出走也只是因為爸媽吵架我不想待在家裡而騎車到處去亂晃，結果回到家還被爸媽罵，我想他們也無法對我解釋什麼是事實，我也無法對他們解釋我的心情，就好像有某種東西穿插在我們中間讓我們的語言變得不相通似的，就只能以最原始的長輩晚輩身分來作結論。」每每提到家裡的事都能讓我長篇大論一番，就好像找到什麼出口一樣，急需要宣洩。

「家裡的事是最難解決的呀，有人說，百分百的成熟，就是能夠妥善處理家人的事，我想我們都還小，或許我們長大以後就會了解了，或許吧？」樺化解微僵的氣氛。

走出中正公園後，我們找了一間掛有吊椅的特色簡餐店用餐，在封閉空間裡，樺的話比預期的還少，不過能感覺出她想要找話題聊的企圖，能看著妳就夠了我心想，但我不敢說。沒話聊的時候，我就把從梅花座聽來的八卦講給樺聽，地理老師還沒嫁，數學老師的兒子很醜之類的，樺先是驚訝然後就笑開了。吃飽後我們走進正在播放 globe — Departures 的唱片行，逛到了日本專輯區中的我挑了張南方之星的精選輯，並且跟樺聊了一下〈真夏的果實〉還是原唱好聽、夏天聽南方之星會流淚之類的，樺並沒有想要買 CD，她靜靜的聽我講南方之星、Mr. Children 和 globe，時而笑時而點頭稱好，那笑和點頭並不是敷衍了事的動作，而就像是把我講的東西吸了進去然後回報給我很誠懇瞪大雙眼的表情，會使人說故事說得很起勁的表情。我買了一張Mr. Children——深海專輯就和樺步出唱片行，我們漫無目的地四處逛逛，從台中商專的大門進入後，我們就往操場方向慢慢散步過去，穿堂寬敞的走廊有些五專的學生正在練習啦啦隊形，橫切過走廊後，映入眼簾的是四百公尺的紅色PU跑道操場，我們走過一排榕樹的下方，坐在鋁製的看台架椅上，下午三點，陽光很快的斜了一半，被大樓圍起來的操場中間有女子排球隊在練習，殺球和托球的聲音迴響著，有對情侶其中女生的高跟鞋刺進了PU跑道，身旁的男友蹲下去努力的拔著，一排榕樹沙沙的朝同個方向搖擺，我雙手向後撐著，樺將雙腿直直的放在椅架上，淡淡的香味飄進我的鼻間。

「真快，明年夏天就畢業了，很奇怪，時間是個看不到的東西，但是越長大，越能感受到時間在流動，而且速度好快，你是不是也有相同感受呢？」樺的眼神在遠方飄浮，她的髮有幾根被風吹起拂過我的肩頭。

「我喔，我倒覺得時間過得很慢。」

「因為我認識了妳。」我心裡大聲說，但嘴唇仍緊閉著。

「唔，為什麼？」

「嗯……想趕快長大，想要脫離家裡。」我伸直了一下腰又繼續說：「雖然這樣說很不孝，可是我對家庭實在沒有什麼太大期望，雖然我們家並不是沒有錢，但是父親經常性的酗酒，又對母親家暴，家裡總是破破碎碎的，我每個晚上要好好睡個覺都難，每個月談到錢的事情更是大吵特吵，連菜刀都拿出來的那種吵架喔，很多人都會對我說，父母親吵架關你什麼事，自己做好自己就好了啊，何必要去在乎，可是啊，我就是沒辦法不去在意，把耳朵摀上只會讓自己更想去聽而已，我很迷惑，為什麼他們這樣不和，還能夠戀愛、結婚然後一起生活，簡直是自虐又虐人，真的不懂，每當看見父母親他們互相怒罵時仇視對方的眼神，我都不禁打寒顫，那眼神說是要把對方殺死都不為過喔，這是夫妻嗎？擁有就算是仇人也沒有的仇恨眼神，這……是愛嗎？」

我將雙手摀著臉低頭嘆了一口氣，樺什麼都沒有說，可是她的眼神一直關注著我。

「啊，對……對不起，說這些實在太無聊了，抱歉。」我摸摸頭道歉。

「沒關係的喔，你要說什麼就盡量說，我的家也存在一些問題，不過每次也都順著時間解決淡化了，可能我沒法感受你家的情況，但，你可以說的，沒關係。」

排球滾到了看台下方，我撿了起來往招手的人用力擲去，嗖的一聲。

樺深呼吸一口氣繼續開口。「我想說的是，人要完全了解另一個人的內心感受實在太困難，我覺得現在的人嘴巴都很快，少了許多傾聽的耳朵，這也是為什麼我跟同學們都不太能夠相處的原因，他們總是聰明又俐落，很迅速的把人都看透了，不管是自以為是還是真的了解，他們總是會滔滔不絕的說著烏雲後面還有陽光，面對自己的陰影就是背對光明之類的話，但實際上到底是不是這樣呢，我自己也不曉得，很多事情都沒法說得準吧，像你的父母，我的父母，還有這世界。」我看見樺說話時閃動的眼神，不禁發楞起來。樺搔搔頭對我做了個鬼臉。「我好像說了一堆沒意義的話。」

「不會，我……我很喜歡聽妳說話。」

「這張照片給你，就……就當作紀念吧。」

她抽起了一張四吋的照片，樺白透的皮膚還有被陽光染亮細微的汗毛面對著給我。照片裡的樺身上穿著一件白色的針織毛衣，頭上戴著灰色的小圓頂帽，背景是灰岩色的牆，白和灰更能托顯出她笑容的燦爛，我好想好想把樺留在身邊，想把時間就停止在一九九五年的冬天，就有如接下來我的人生再也遇不到像現在這樣強大美好一樣，這強大的美好轉化成某種堅定的信念進駐到我的心裡。

□

然而，一九九五年並沒有因此而停留住，就在聯考倒數七天一個悶熱午後的教室裡，蟬鳴聲就像海一般將整個校園包圍著，而悶熱的下午，蟬更賣力的喊叫著，聽說這是將要下大雨的前兆。我剛從外面回到教室，剛坐下來我就發現筆袋裡鼓鼓的，我把裡面的東西拿了出來，那是一個小小的瓶狀物和一張白色印著橫格的小紙條。

給　凱：

送給你一瓶紫色的星沙，那是我上個月去日本沖繩玩的時候買的，那裡的海與沙灘都很美喔，海與天藍藍的緊密結合在一起，沙灘像黃金沙子一樣，有機會你一定要去看看。買了個小禮物給你，一方面是為了謝謝你那天陪我，一方面是為了紀念，畢竟國中三年就這樣過去了，沒有交到什麼朋友實在很感嘆呢，不管如何，希望我們未來有機會能再聯絡囉，再次謝謝你。

樺 1996．6

我抓著那紙條看了一陣子，就像在研究矩陣密碼的學者想要把那再也清楚不過的字體看穿找出蛛絲馬跡一樣，我的喉頭卡住了，像是一團麻糬塞進食道的前端，胸口像是被一顆鉛球很沉重的懸吊著，眼眶冒出了薄霧般的淚水，我抓緊著紙條，下一秒鐘就已經衝出教室直奔學校門口，我知道我是為了樺而跑，但卻不知道她在哪，只是本能性的跑向門口，我的腦子一片空白，就只是被那突然從沉重的胸口衝到腦袋的某種東西支配著身體，心裡彷彿喊著『跑啊，凱，跑啊！』雖然這也只是畢業而已並不是生離死別，未來應該還是能跟樺再度見面，樺也應該會繼續好好的活在這個世界上，但，身體好像就只是知道她即將離開的訊號而命令雙腿奔跑。悶熱的午後天空開始落下豆粒般的雨水，幾分鐘的光景，整座校園被雨水落下的聲音嘩嘩的覆蓋住，偶爾傳來碎裂般的雷聲，我的雙腿仍然在奔跑，水珠從額頭上落下沾濕了雙眼又繼續往下進入了嘴巴裡，全身已經濕了一半，我，仍然繼續在奔跑，我挨進校門口附近放腳踏車的鐵棚下，由於已經是暑假，附近空盪盪的沒有一台腳踏車，校門口的平移式鐵柵門緊閉著，只有旁邊的小門呈四十五度左右吱呀的搖晃著，警衛室裡也沒有人，大概去校園裡巡視或是偷懶躲進裡面的小房間正睡著。我望著空無一人的校門口以及空無一人的鐵棚和警衛室，雨不斷拍打鐵棚從上而下就像用水作成的柵門般將我關在棚裡，我打開握在手中的紙條，那用藍色原子筆寫的字跡就像哭了的妝一樣暈染開來，我蹲下來靠在細砂礫牆邊，低頭嗚咽的哭了起來，說哭倒不如說是啜泣，時而抽著鼻子時而乾咳幾聲的啜泣著。

這是我第一次為了家人以外的人而哭，或許不是為了樺，是為了樺離開的那種氛圍吧，我也不曉得，以前，總是為了阻擋父親打母親而激動的在父親面前又喊又哭的，從那個時候開始，自認為沒有什麼事情會讓我再掉眼淚，但我卻在樺離開後的校門口旁的腳踏車鐵棚下哀傷的啜泣著，我就像第一次闖進不知名森林的兔子，現在這哭泣的身體讓我感到陌生，是什麼東西離開了嗎？還是什麼東西進來了改變著我。

我再次讀著紙條，讀著樺形容的沖繩海邊，藍天碧海以及黃金沙，想著樺的笑容，那暈染而開模糊的字跡好像有了溫度般將我因為雨水沾染而冰冷的雙手加溫，我蹲坐在那看著水柵門聽著嘩嘩的雨聲從大漸漸變小，喉頭的重量也漸漸的變輕了，最後水柵門消失了，只有為數不多的雨滴漫漫掉落，遠方傳來鳥叫聲，馬路上的車聲也漸漸聽得清楚了，我才起身用手擦掉眼淚往教室走去，彷彿一瞬間長大一樣。

之二／終點的模樣

倒數七天過去了，聯考也結束，我再也沒有見過樺，也沒有聯絡的方式，雖然硬是要跟同學去打聽也不是不可以，但是一方面樺跟班上的同學沒有一個是熟識的，我無從問起，另一方面則是我打從心底希望會自然而然的遇見她，或是發生什麼事情把我們又串在一起，樺是適合這樣的方式再相遇的，強求著見面好像變成不合邏輯似的。我進入了一間位於台中南區全校80%都是男生的工業職校，是個必須要騎腳踏車十分鐘之後再轉搭公車三十分鐘最後再快走十分鐘才能到達的學校，而看到榜單才知道樺如願的考上五專，雖然不是第一志願，但也是一個在台中北區以『微風、校服、美少女』著稱的私立五專，樺的確是考上了適合她的學校，但也遠遠的離開了我的世界。

我所就讀的80%，每天早上必須全班整隊答數走進操場，長得像禿頭猴子的教官在炎熱的操場講台上大罵「年輕人不好好讀書，交什麼男女朋友，不要臉、狗男女。」隔壁班電子科的女生讓一年級的新生排了好長的遞情書隊伍，只要稍微有一點姿色的女孩在我們學校簡直就是明星，每天看著禿頭猴口沫橫飛以及看著為了遞情書而排隊的人龍，這些種種讓我覺得高中生涯到此真的無法再期待些什麼東西了，所以我盡量保持低調、沉默，能一個人的時候就一個人，有機會兩個人的時候就技術性避開，打算混完這三年趕快畢業，祈禱著在拿到畢業證書後學校就被一把無名火燒掉，而這一切一直持續到了 Kego 的出現，我的高中生涯才算有了那麼點意義。

Kego 是因為他很愛日本，所以給自己取的日本名。典型獅子座男人，據說入學智力測驗高達一百二十分，有個擔任建築設計師的父親以及一個精明能幹的客家母親，家境還不錯，放棄了高中的第二志願來就讀高職，聽說是為了跟他父親賭氣，單純堅持著非第一志願不讀的想法，實際情況我也不清楚，畢竟那個時候會做這樣的事大概只有天才和騙子，當然，這兩者也相差不遠。我們會認識而且變得要好的原因有兩個，其中一個原因是關於女孩，這要容我後面說明，而第二個原因是我們在高二下學期的秋天一起策畫了一場針對取消畢業旅行的抗議行動，行動很簡單，我們在一個平日的午休時間將做好的布條高掛在學生大樓的樓頂，學生大樓正對教員辦公室，布條上用紅色油漆寫著『讓我們自由，就是讓你們自由』，我們將頂樓的入口用桌椅鐵鍊封死，也請一年級的學弟去霸佔廣播室，並且播放 Bon Jovi —— I believe，那是一首很熱血喧嚷的歌曲，行動也很成功，大部分的學長學弟們都站了出來大聲歡呼鼓譟，站在布條下的我們都感動得流淚，學校當天下午就宣布明年畢業旅行會正常舉行，我們獲得壓倒性的勝利。

此役之後，我和 Kego 更是緊密的連結在一起，然而其實在行動前我並沒有很想跟他一起策畫，畢竟我是想渾渾噩噩過完這三年的，而因為在某個機會下他看到了樺給我的照片，那一瞬間讓他想起了他之前在國中的暗戀對象，然後就開始滔滔不絕的跟我聊他的暗戀史，或許是有些類似，讓我心中也產生了共鳴，再者，他也很常聽東洋以及西洋音樂，Mr. Children、The Verve、globe、Oasis……等，所以我們經常一起聽音樂聊天，也許是 Kego 有某種容易影響別人的能力，在他滿腔熱血的勸說我當他抗議行動的副手時，我竟然毫不考慮的答應了，跟他熟識並且搞抗議行動簡直就像夢一樣。抗議行動結束後生活依舊，高職的生活很簡單無趣，幾乎都在學專業技能的東西，尤其是我們製圖科，一個星期有兩個全天都要坐在氣墊椅上，然後面對著大約半個黑板的平移式繪圖板努力的畫，畫到我懷疑人生就像是被線條以及文字給佔滿了一樣，而 Kego 通常都是最早畫完的那個人，就算被老師退件重畫，也是最早再畫完交出去的那個人，老師拿他沒輒，同學都嘖嘖稱奇。放學後，他會到學校附近一間叫作『Lark』的泡沫紅茶店看漫畫，順便等我去那跟他會合吃飯，大概一個星期會聚個三、四次，而那『Lark』位於一個極隱密的大樓社區裡的一個極隱密的地下室，是極少數會連續播放著東洋以及西洋歌曲的泡沫紅茶店，在那個年代的台中如果不想聽到鄭秀文以及張學友的話就必須到那種店去泡。

「你知道終點這種東西嗎？」店裡放著globe — Is this love，Kego翻著《JoJo冒險野郎》說。

「起點的相反不就是終點嗎。」我答道，Kego總是冷不防的來一句人生哲理。

「以形態上來說是的，但，終點並不是以形態的方式出現，在時間流裡也不會出現，因為要是出現了終點就不會有時間流了，雖然如此，每個地方都還是會有終點，就好像人死了是終點，情侶分手是終點，結婚是單身的終點，快樂是悲傷終點，低潮是高潮終點，但沒有人說得出來終點到底長什麼模樣，我們總是在轉變後才發覺，啊，原來，原來之前那個惡劣或興奮的狀態結束的意象就是終點。」

「你到底想表達什麼啊，有聽沒有懂。」我喝了一口冰紅茶，嚼著冰塊。

「你想喔，要是我們能夠描繪出終點的模樣，並且能夠感覺到它出現時的形狀，我們的人生是不是更能掌握在我們手中，就像，我知道興奮結束後時終點的模樣時，就可以控制接下來的低潮，我知道分手後時終點的模樣，我可以知道接下來的生活要怎麼走而不至於失控。」

「唔，那這個跟預測未來有什麼兩樣。」

「沒有人能夠預測未來。」Kego 堅定的說出這句話。

「探索終點的模樣不是為了預測未來，如果要用什麼詞句來形容的話，我想那應該叫作探索自我吧，極盡可能的探視自己的內心，才會知道終點的模樣，為了這個我每天都很努力喔，就連坐在氣墊椅上面對著繪圖板畫圖也一樣思考著，所以我盡可能不浪費時間在畫圖，我的人生可不是用來畫交線展開或是幾何曲面的。」

Kego 喝了一大口奶茶，我若有所思的點點頭，想起了那天樺離開後，我蹲在鐵柵裡哭泣的畫面，要是我了解那天的終點，我還會這樣在大雨中奔跑嗎？

叮鈴一聲，門吱呀打開，一對學生情侶走了進來，選了一個最深最陰暗的座位躲了起來，那個年代彷彿談戀愛跟偷珠寶一樣見不得光，我往後靠著椅背，店裡的歌換了 The Verve — The drugs don't work，我和 Kego 都閉上眼沉沉聽著，彷彿是在對這首歌做類似儀式之類的動作，歌詞到了後段 But I know I'll see your face again 的時候 Kego 才又開口。

「喂，凱，再過兩個星期就校慶了耶，我們都不用顧攤位，可以隨意走動，你去請天使來啦。」Kego 的眼睛閃爍了起來。

「誰啊，誰是天使？」

「照片上的那個啊，漂亮得像天使呢，你難道不覺得嗎？」

我沉默了一下，雖然這年代的男生動不動就稱自己暗戀的女生為天使，但我的確從來沒想過這問題，或許是因為天使兩個字既遙遠又模糊，所以只適合暗戀嗎？天使又有分好多種，大天使長，副天使長，創造火的熾天使，掌管死的死亡天使……等，樺在我心中的定位卻好像都超越他們，卻又好像完全的渺小，雖然我是這樣的為了她而活著，但畢竟我本身在世界上就是完全的渺小呀。

「喂，行不行呀，叫她來呀？」Kego打斷我悠悠思緒。

「我沒有她的聯絡方法，畢業紀念冊沒買，通訊錄也沒有，而且都過一年了，其他國中同學我也沒半個人在聯絡，我實在不知道要怎麼找她耶。」我抓抓頭。

「兄弟，這種小事情我不會讓你煩惱的，你只要跟我說，你想不想找她來，想不想？」Kego指著我的眼睛中央。歌曲換到了Mr. Children—花。

「想，我很想見她一面。」我說。

「這就對啦，交給我吧。」Kego拍拍我的肩頭又繼續喝著奶茶，我說出那一句話好像用盡了我的所有力氣一般，雖然只是短短的一句話，我藏了一年才在Kego面前被他誘發出來，此時站在吧台內的茶店老闆好像偷偷的把音量旋鈕向右轉似的，櫻井和壽用他磁性沙啞的聲音大聲在我耳邊吶喊著，而我真的很想念樺，非常的想念，就有如整個城市全部都淨空般只剩下樺的想念。

過了幾天，Kego 拿給了我一張 A4 大小的紙張，上面印有宣明國中八五屆三年八班通訊錄的字樣，我看到以後張大嘴巴佇立在教室走廊上，Kego 神氣奕奕的站在我面前，但一直都沒有跟我說他怎麼弄到的。

「寄封邀請函給天使吧，記得留電話給她，如果不行就打通訊錄上面的電話給她吧，還有九天，我想來得及，還有，今天我想吃海鮮燉飯，就給你買單啦，嘿嘿。」Kego 又露出那狡猾的笑容，我第一次這麼欽佩一個男生，但那種欽佩並不是想成為他的那種欽佩，而是想再往 Kego 內心深處探去看看還有什麼新奇古怪的東西的那種期待式的欽佩，他是那種會讓人期待下一步怎麼做而且具有 magic 的男生。放學後，我去文具店買了張白色的卡片，不知為什麼，我穿衣服是以黑色系為主，十二段變速腳踏車是買綠色的，筆袋是用藍色牛仔布的，但我卻對白色情有獨鍾，好像白色是用在特殊情況以及特殊人物身上的，本能的就選擇了白色的卡片，或許 Kego 讓我想起了潔白的天使吧。

Dear 樺：

好久不見，妳好嗎？不知道妳在新的學校裡過得如何？我讀高職的製圖科，一切都很好，只是每天畫圖比較煩悶一些，下個月的第一個星期六是我們學校的校慶，希望妳能來參加，期待與妳見面。

凱 1998‧4

雖然腦袋裡有許多話想對她說，但是由於時間久了，樺走在身旁的美好以及樺離開時複雜的情緒都糾結在一起，我無法找到那糾結的起點在哪，就像找不到線頭糾成一團的毛線球，我想說的，也只有『我非常想念妳』而已，但是這句話從來就很難說出口也很難表達讓對方明白，因為我從來不知道，想念發生的時候我的表情是什麼、我在做什麼動作、想念的形態是什麼，就像我仍然不曉得終點的形態是什麼一樣。卡片寄出去以後，又過了一個週末，我的生活依舊，揹著大約半個人身的紙筒騎著十二段變速雜牌腳踏車去公車站坐車到學校，偶爾跟Kego在公車上比較一下台中女中和私立商職的女生臉蛋，然後回家收拾被酒後的父親弄亂的客廳以及聽他說著從前很悲苦的事情，父親述說著十七歲就離家出走到台北打拚的故事，雖然因為醉醺醺的故事有一半都在重複，但我也不得不坐在旁邊點頭，否則父親就會覺得不給他面子而開始大鬧，這真是年輕歲月時的痛苦回憶。

父親雖然在電信局上班，薪水穩定，但當時我和妹妹都還小需要錢上幼稚園，所以他也兼送報和開計程車，看似是個很努力向上的父親，理所當然的幸福美滿，但從我有印象的時候開始，父母親就吵架不斷，家中很少有安寧的時候，吵架的內容大概都是為了錢或者是為了維持傳統男人的面子，也有時候只為了湯多加了點鹽太鹹、生活費給得不夠之類的事大打出手，母親家中有九個兒女，而身為長女的母親，是典型八〇年代吃苦耐勞又很強勢的傳統女性，父親則是典型八〇年代愛面子又愛飲酒作樂的傳統大男人主義男性，這種強碰的組合好像在過去的婚姻經常上演，對於婚姻這回事，可能我從小就感到害怕，什麼是幸福美滿的家庭也從來不知道，因此，我似乎寄託了些什麼在家庭以外的地方，畢竟我是個不容易有踏實感的人吶，在那個時候，Kego 和樺再加上音樂大概就是我人生的全部了吧。在校慶的前三天，就在我幾乎要放棄的狀態下，樺回信了。

嘿　凱：

好久不見，收到你的卡片很高興喔，算了算我們好久沒見面了耶，校慶是在星期六吧，如果沒有什麼別的事我就去了喔，你要告訴我搭什麼公車去，我沒去過喔，下面是我的電話，記得打給我喔。

樺 1998．5

我握著那張大約三張名片大小的墨綠色瓦楞紙卡片，重讀了樺寫的所有字將近快要百遍後，小心蓋起來放回信封袋，我將樺那天送給我的紫色星沙以及紙條也拿出來，然後就像是欣賞什麼藝術品般珍貴的看著，紙條因為那天的雨水而皺巴巴的，彷彿一不小心就會被弄碎般，有些字已經暈染開來呈現紫色與藍色的漸層，大概是『黃金沙』、『紀念』、『聯絡』還有最後完全模糊掉的日期以及樺的簽名，我重複讀著這卡片以及紙條，其實我很高興，高興得快要飛了起來，體溫也升高，但，心裡卻有些許莫名的害怕，『她看到了我會不會失望呢』、『她現在更漂亮了吧，也許已經有男友了吧』之類的想法不斷的在我腦海縈繞著，就像在面對那壓倒性的美好時，人會一瞬間失去自信一樣，而自信這東西對我來說是很重要的，我寄託我自己在樺的身上而且沒有其他別的地方了，一旦自信消失時，我將會像個嬰兒般脆弱得無路可走了，這時候沒有人能夠讓我依靠，家裡不行、Kego不行，我就只剩下樺了，就只剩下樺了的那種害怕，然而，我當然不可能因為這樣就拒絕樺的到來，那是我天天盼望的美夢，我只能盡量收起了那害怕，接受那溫度升高的美好。依照卡片上的號碼打了電話給樺，談話內容並不是很順利，應該說是我沒有辦法順利的講話，甚至坐什麼公車來我們學校，幾點在哪裡等都不是很順利的把它講完，樺就好像藥引一般，將我那純粹的一面引了出來，一時之間會有些不習慣那樣純粹的我。

五月的第一個星期六校慶，而我，十七歲的一個小伙子，正奔跑著，但卻跟那天從教室奔跑出去是完全不一樣的感覺，我正從校門口奔跑到公車站牌，原本快走加小跑步也要十分鐘的路程，我不到三分鐘的時間就到了，我站在公車站牌後的騎樓下，看著一次又一次將許多女孩送來的公車，雖然是令人厭惡的爛學校，但是卻也吸引了不少女孩吶，大概又目送了兩班公車走，有幾個女孩穿著高跟鞋無肩帶背心還有粉紅短裙、有的是穿著水手服綁公主頭、有的是白襯衫窄裙打扮成熟的熟女，而她們都往學校的方向走去，我搖頭嘆道，這所學校的男生還真不簡單吶，遠方第三班公車慢慢的停了下來。

嘎吱一聲，拉門打開了。

一個體態輕盈的女孩下了車，她上衣穿著蘋果綠的短袖針織薄毛衣，白色牛仔布的及膝窄裙，頭上戴了一頂淺灰色的貝雷帽，珍珠白的娃娃鞋上面一樣繫有蝴蝶結，頭髮及肩直直的閃爍著挑染後的光澤。

「嘿，凱，好久不見。」

樺笑著說，我無法正確形容再次看見她的感覺，唯一知道的，那就像雙手抓著心臟用力搖撼，心臟好像跟不上速度一樣劇烈的跳動著，我必須要深深呼吸一口氣才有辦法說話。

「妳……妳去……染……染頭髮喔。」深呼吸後好像還是沒用。
樺笑著：「凱你有沒有發現你又結巴了？」
「嗯。」我點了一次頭。
「染髮最近好像挺流行的，所以我也就跟著去染了，怎麼樣，好看嗎？」樺抓了一下髮尾。
「嗯嗯。」我用力點了兩次頭。
「嘻嘻，你是個大呆瓜。」
「嗯。」我又順著樺的話點了一次頭，樺發現我被騙到而笑得更開心了。
我們並肩走進學校側門口，在門口發傳單的學長學弟們面面相覷，眼神不時的落在我身邊的樺身上，心中莫名的虛榮感油然而起。
「我和我朋友有準備壽司當作午餐，我們先用餐吧，然後等一下我再帶妳逛逛校園，當然今天走氣質派路線，不會讓妳去玩水球大戰的，放心。」我說。
「好，謝謝你喔。」樺笑著點點頭。
我們從門口走進去，前方是兩排榕樹所構成的隧道，台中什麼沒有就是榕樹最多，這間學校什麼沒有就是地大，學校被樹蔭隧道一分為二，隧道右側有四棟四層樓的學生校舍、一棟兩層樓的教員校舍、一個大禮堂還有停車場；左側是男女宿舍，還有機械實習工廠、汽車修護實習工廠、建築實習工廠再加上五百公尺的操場以及同等大小的排球和籃球場，從門口到第一棟學生校舍就要走十分鐘。

我曾經一度懷疑這學校以前是軍事重地或是日據時代的機場，而我可能正踩在未爆彈埋在深處的地面上，難怪這邊從來就沒有實行都市重劃而縮減校區面積，大概是怕挖到未爆彈或是毒氣實驗室所以不能住人吧。我們經過了禮堂前的廣場，那裡是攤位的所在地，時而傳出莫名其妙的鼓聲、水球砸破聲以及混著熟女水手服粉紅短裙的尖叫聲，還有那個年代莫名其妙流行起來的阿魯巴聲。

「你們學校好大喔，簡直是我們學校的好幾倍。」樺像是小孩子般瞪大眼睛看著四周。

「大而無用啊，這麼大的學校，下課一樣只有十分鐘，光是走去福利社買個牛奶再走回教室就不止這個時間了，更不用說實習課的時候十分鐘要走到實習工廠了，簡直不可能。」

「那這樣上課不是常常要遲到了嗎？」

「是啊，但是怪的地方就在於，每個老師都很有默契的等學生五分鐘後再開始點名上課，有這種不成文的規定，倒不如乾脆更改校規讓下課時間多五分鐘，不曉得他們在想什麼吶。」

「可是好像沒聽說有下課十五分鐘的學校。」

「對呀，到底是誰規定下課只能有十分鐘吶，法律也沒規定吧，弔詭的是大家還都非常有默契的遵守，十分鐘響一次鈴，要是我去更改鈴聲響的時間，搞不好也沒人發現而默默的上課下課。」

「那倒不如響過一次下課鈴之後就把鈴聲關了好。」

「我倒寧願選擇縱火。」想到學校就是一把火。

「你也太討厭學校了。」樺笑著說，的確，我滿腦子都是要把學校燒個精光的念頭，但是當然不管怎樣那都是在今天之後。

「真的啊，我從一進來就很討厭這所學校了，簡直就是封建八股到底，每天都在緬懷過去的輝煌歷史，外面的世界是怎樣好像完全不關這所學校的事，不像五專，一定很多采多姿吧。」

「會嗎，我沒有太大的感覺，倒是男生進來我們學校滿吃香的，你知道那個以前常常坐在角落不常說話的男生智達嗎？」

「妳說的是那個被老師打罵都完全面不改色，人稱陰沉阿達的傢伙嗎。」

「是的，他在我隔壁班，我經常看到他騎著摩托車載不同的女孩出去呢，不同的女孩喔。」樺說，我瞪大眼睛看著樺，一副不可置信的表情。「凱現在是不是有種後悔當初不好好讀書的感覺呢。」樺笑著說。

「是的。」我點點頭。

「不過你們有學專業科目啊，以後出去比較好找工作不是嗎。」

「這所學校學生的爸媽們好像都是這麼想，我也是被我父母押進來的，另外因為是公立的學費比較便宜，我想會來念這所學校的學生家長大概都是斤斤計較又貪小便宜的人吧。」

樺笑著說：「這麼說來，那會來念我們學校的學生家長，大概都是愛玩又不計較的人囉。」

「也許喔。」我也笑了，春天的風吹著，好像在搔癢似的搔著我的心。

我領著樺走到了榕樹隧道的盡頭，右方是正門口和偌大的花園廣場，只差沒有噴水池和雕像，不然這樣的廣場門口再加上藝術品和建築物就可以稱為美術館了，左方有一條T字形水溝，說是水溝也太大了，幾乎是在任何學校都看不到幾乎可以稱為小溪流的水溝，旁邊還有一排柳樹隨風搖曳，再過去就是學校圍牆，而說是圍牆也太矮了，望出去是一片稻田和幾幢舊日式的木造矮房，小溪流旁散落幾座石桌石椅，Kego 已經擺了一桌子的食物坐在那看著《JoJo 冒險野郎》。

我和 Kego 一致認為這裡是最佳接待天使的地方，打了聲招呼後，Kego 將他媽媽做好的壽司以及味噌湯拿了出來，一打開就讓我和樺驚豔不已，如掌心大小的什錦花壽司、海苔捲壽司、包有生鮪魚肉的鐵火卷、鰻魚軍艦卷、豆皮壽司、蛋壽司，還有幾道用海帶芽以及黃瓜做成的醬菜，簡直是日式料理全席，樺不禁鼓掌。

Kego滿臉自豪的說：「我媽因為受到我很喜歡看日劇的影響，所以常常被我拉著一起看，看著看著連續劇中的壽司以及日式料理都會做了，我媽大概是為了做菜而生的女人吧。」

Kego咬了一大口花壽司，樺喝了一口味噌湯，我則是拿起了蛋壽司，微風拂著柳樹枝條。我們三個人的對話非常的奇妙，也可以說是非常有默契，Kego就像主持人一樣發問了一些問題，我和樺會相繼的回答，我的答案通常比較快速而且帶有一點偏激，而樺的答案則是以『沒有太大的感覺』為基調緩慢說出她的想法，而此時Kego就會做出個結論讓我和樺都若有所思的點點頭，好像這團體要是其中一個不是我、樺和Kego一切就會不對勁，而通常樺並不會點頭太久，或許她有自己的想法吧，我則是會將Kego或樺說的話咬進去心裡咀嚼著，並且適時的再拿出來，『剛剛的那個問題我覺得』、『或許應該是這樣』之類的，當Kego習慣性的胡亂拼湊一些成語當作結論時，我就會認真的反駁他而惹得樺笑了，談話的節奏非常的流暢，也沒有感覺到Kego因為也喜歡樺而展現他的企圖心，反倒是常會把樺所提出的想法再轉到我這邊，就像是他在我和樺中間細心一針一針的編織著牽連我們兩個的線一樣，我感覺到 Kego 與常人不同的成熟感，這也是我喜歡與他討論各式各樣問題的原因吧。

「凱，家裡還好嗎？」樺突然問了這麼一句。

「還過得去，他們吵著鬧著，我也漸漸習慣了。」

「不管怎麼樣，你都要堅強一點喔。」聽到樺這句話，我的心都軟了下來。

「家家有本難唸的經，你知道為什麼你會是他們的孩子，而不是他們是你的孩子嗎？」Kego 加入，我在不想回家的時候，經常會到 Kego 家去待，聽聽音樂，看看書，要不就是直接住了下來，所以他非常了解我們家的狀況，去年的中秋節和聖誕節就是這樣過的。

「怎麼說？」我問。

「每個人到這個世界上都帶有任務，每個任務在上天面前都一樣平等，並沒有所謂的誰輕誰重的問題，任務完成以後，有的人是升天了，有的人是走進了下一個階段。」Kego 喝了一口熱麥茶，再把麥茶放到石桌上，停頓了一下。「但是，這個世界的普世價值觀告訴你，讓你認為治理國家大事和處理家中小事，一定是前者重得多，但那只是價值觀而不是任務的意義，你的任務被賦予當他們的孩子，他們的任務被賦予當你的父母，必定是經過許多的考量以及設定，也可以說是類似『系統』這東西，凱你有你的特質，父親有他的特質，母親也是，『系統』已經設定好了，你要發揮的是你的特質，而不能改變這『系統』，這些都是有意義存在的，就像我跟我哥不和也是有意義存在的，可能是要讓你了解些什麼，也可能是要讓你改變些什麼，你父母也是，然而什麼時候任務會完成，沒有人知道，只會越來越接近答案而已，我們窮極一生不過是追求個答案囉。」

三個人沉默了一下。「那你心中有答案了嗎？」我問。

Kego 奸詐的笑著：「沒有，但是呢……我比較想知道的是，『系統』設定凱和樺同學認識了，任務也開始了，什麼時候會完成沒有人會知道，但是，那答案會是什麼呢？」Kego 他的雙眼在我和樺之間左右擺動。

Kego 講話又在跳格子，而我停了一陣子才回過神來。「啊，什麼……什麼答案？」我說，樺的側臉面對著我，淺淺的上弦月掛在她的臉頰上，她正捂著嘴笑了。

「答案是……味噌湯。」樺喝了一口味噌湯，微笑的說出這句話，Kego 笑得更大聲了，不時的拍打著他的大腿，柳樹左右搖擺發出沙沙的聲響，樹影下的陽光像碎水晶一樣灑在樺的髮上，她的笑和味噌湯柔軟的配合在一起，我也喝了一整碗湯，那湯似乎有樺身上的花香，從食道進去散發到了全身，每次與樺見面，總是想把時間停留下來，那瞬間真希望味噌湯永遠喝不完。

□

這天回家後的夜晚並不安寧，凌晨兩點半，大概都是這個時間，以往的經驗可以用父親關門的聲音來做判斷，如果是小聲關門，就像進入正在開會的會議室時關上門的聲音，那麼我和妹妹就可以放心的睡覺，如果是大聲的關門並且微微感受到床鋪以及空氣的振動，我就開始心跳加速，由於父母親已分開睡，大聲關門的意義代表接下來就會聽見父親在客廳摔東西以及踹母親房門之類的聲音，也就代表我又得出房間收拾殘局，那個年紀的我要好好睡個覺並不是件容易的事。凌晨兩點半，這次的關門聲可以用暴裂來形容，砰的一聲，把睡在我身邊的妹妹以及我嚇得坐了起來，房間書桌上玻璃吊飾因為振動而發出叮噹的聲響，雖然悅耳但是傳到心裡卻變成了巨大的恐懼，我想這個夜晚並不對勁，才想要站起來出去看看怎麼回事，就已經聽到母親的房門被踹開，木頭吱呀的碎裂聲音，母親大叫了一聲：**你在鬧什麼！**

接下來就聽見悶悶的撞擊聲以及敲打聲，像是母親用枕頭丟向父親或是父親伸手打坐在床上的母親的聲音，我嚇一跳連忙衝了出去，只見到父親的背影蹲坐在床面雙手不停向母親揮舞，場面一陣混亂，我架住了父親，母親拿了外套就往外跑，我的耳邊不時聽到了妹妹的哭泣聲以及母親的叫罵聲，父親推開了我往廚房跑去，我聽到尖銳的金屬撞擊聲，心臟跳得更快了，父親抽了一把水果刀往客廳追出去並大罵一句：**討客兄**，那是一句在鄉下常聽見的字句，當時並不知道那代表什麼，後來才知道原來是閩南語『偷男人』的意思，事後雖然知道母親從來沒有做過那樣的事，但那不重要，重要的是那當時我正用盡最大的力氣朝父親的背影奔了過去，腦袋只有不能讓他殺了母親的想法而已。

我從背後扣住父親，由於高中的時候我的身高已經超過一七五公分，也因為常運動打球再加上當時緊急情況腎上腺素的激發，手臂的力氣大到不可置信，我一把扣住了父親將他重重的摔在磁磚地面發出巨大的聲響，再將他手中的水果刀抽了出來丟到一旁，妹妹尖銳的叫聲以及哭泣聲讓她的嗓子都喊啞了，我的心臟跳動的聲音已經超過我周遭的一切聲響，眼前一片光亮的綠色，那光亮就好像將我的眼珠子都染綠了那樣，我手沒有知覺，腳也沒有，好像蹲坐在一個抽完空氣的真空瓶子裡，耳邊也聽不到任何聲音，就好像失去了意識。

不曉得過了幾秒鐘或可能有一分鐘，不長的時間，眼前的光亮逐漸褪去，意識才慢慢回來，才感覺到我的右手正猛烈的使力著到肌肉發痠的程度，循著我的右手看了過去，才發現我的五隻手指正用力扣著父親的咽喉，並且用全身的力氣壓制著父親動彈不得，父親的嘴角已冒出微微的白沫，母親和妹妹雙手不斷從後面拍打我的背膀喊著：「不要！夠了！放手！凱！放手！放手！」

我放開手就像是用跳似的站了起來，母親將我拉到房間門口，並且抽了許多面紙覆蓋在我的手上，我感到手中涼涼的，以為是汗，結果是因為刀鋒劃開手掌的傷口正冒著血珠，傷口並不深，但是母親抽著面紙仍神情緊張，在一旁的妹妹已經哭到抽搐，我渾身發抖，大部分是憤怒而另一部分則是因為用力過度，我喘著氣，呼吸非常的不協調。

父親在地上躺了一會兒站了起來，走到我面前暴怒的罵：「我是你爸耶，你要殺了我嗎，你殺啊，你殺啊，生你不如養隻狗，你這混蛋。」

看著酒氣沖天穿著邋遢工作服的父親指著我大罵，我全身止不住的發抖，看著他就好像看著一個傀儡被某種東西操控般全身舞動著，這是誰呢？我對他極不熟悉，不對，是從來沒有熟悉過，但我卻必須叫他一聲爸爸，這就是『系統』吧我想，然而，雖然這叫罵的場面不算少見，但是生平第一次出手揍人，對象卻是父親，這讓我感到無比的悲哀，悲哀、憤怒、難過的我，雙眼注視著顫抖又發紅腫脹的右手臂，身體因為用力過度而感到有點想要嘔吐，此時父母親又開始吵了起來，或許是剛剛我的動作讓父親不敢再靠近，他們兩個就這樣隔空對罵，罵些什麼我都已經聽不見了，我蹲了下來感到就像墜落深谷般的無助，經過這晚我才知道，我並沒辦法像Kego這樣順應著該順應的事，也就是『系統』設定好的事，我原來也有這樣悲哀、憤怒、難過的心情，也有這樣控制不住的身體，我抱著頭，已顧不得血液是否沾染到了頭髮。

我想起下午樺對我說的話『不管怎麼樣，你都要堅強一點喔……不管怎麼樣，你都要堅強一點喔……』這句話的字句以及她說話的畫面，一直在我腦海裡盤旋著，我咬著下唇，心中那酸痛的某種東西衝上了喉嚨，我，激動的哭了起來，那是從來沒有過的靜默、顫抖、激烈的哭泣。

之三／雨神特拉洛克

在抗議行動以及校慶都結束後，學校開始全面調查有參加抗議行動的學生，他們調出監視錄影帶，並且個別約談，當然我和 Kego 都有被叫進教官室，Kego 很快就承認全部的策畫都是他幹的，因為他說他不想讓學長畢不了業，而且這樣有悲劇英雄的效果，搞不好知名度會大大的提升喔，他說。

Kego 被記了警告兩次，而我則是警告一次，學長們都安然畢業，此事件後，我和 Kego 的知名度果然如他所預期的大大提升，悲劇英雄 Kego 後來在抉擇台中家商學姐以及製圖科的漂亮學妹時陷入兩難，最後處理得可能不夠圓滿，交往一年後都以分手收場，我也莫名其妙的被資訊科的學妹倒追，學妹叫作昕月，有個非常好聽的名字，人長得嬌小可愛而且個性非常貼心，幾乎沒有得挑剔，她在中午用餐時間利用廣播室放音樂的空檔時間直接指名道姓的向我告白，當時還造成了校園內不小的騷動，但是我為了避免國中的錯誤也為了避免自己混亂，跟樺的一切還沒有明朗之前我決定拒絕昕月跟她保持一些距離。

「我心中還有一個人，她在我心中佔了很重要的地位。」我說。

昕月聽了以後眼神反而更為堅定。

『學長你真的很好，我不會放棄學長的。』我打開她寫給我的紙條，有股暖暖的感覺，但是心中不禁懷疑，我真的很好嗎？哪裡好呢？我想起雨芹對我說的話：**反正，愛情不就都這樣**，我應該傷害了她吧。想起酒醉的父親衝著我罵：**生你不如養條狗，你這個混蛋**。我到底哪一點好，抱持著這些疑問，我決定跟樺告白，我寫了一封好長的信給樺，把從初識到現在對樺不可思議的感情坦白告訴她。

樺的回信我等了將近快要兩個月，那是一個悶熱的夏夜，我站在頂樓讀著回信，遠方水湳機場的跑道上傳來螺旋槳振動空氣的聲音，吹拂過來的風不怎麼涼，但我的手掌幾乎沒有所謂溫度這種東西又冷又冰，我抓著信紙重讀著那幾個字：『**希望我們永遠永遠都是朋友，不要做任何改變好嗎？**』我把信紙小心的摺起來放進口袋裡，時間也好像被摺起來忽視了，在我看不見的地方流逝得很快。

我和昕月交往了兩年，基本上第二年都是聚少離多，我到台北的大學就讀，她留在台中，我們在一個下著大雷雨的夜晚在電話裡分手，我毫無感情的說了一句『我不再喜歡妳了』，而那只因為我覺得比起說我從沒喜歡過妳來得好，掛上電話後，我開始有點自責，昕月對我付出很多，她很完美，當然她並不是沒有缺點，她對許多事情都抱持著太正面的想法對我來說是一種壓力。

要怎麼形容呢？我想就是一種桃花源的心態，桃花源裡沒有人會老，每對夫妻都是甜蜜幸福，造物主就像忘了在這地方製作憂愁這玩意一樣，我和昕月睡過，她第一次給了我，同樣的我也給了她，當她醒來時坐在床邊滿溢著甜蜜的表情並且對我說：「好想嫁給你哦，學長，我覺得我們這樣好幸福。」十七歲的我更是感到沉重的壓迫，我當時只抱持著是否能盡快逃離這一切的想法。分手的那一夜過去了，我們就再也沒有聯絡，我很愧疚，畢竟這段戀情到底傷她多深我自己都不知道，後來聽說昕月大學畢業就出國留學並且嫁給了一個很好的加拿大男人，對我來說，這只是減輕一點自責的好消息而已，我對那心底深處冷酷的自我感到可怕，可是，那也是我的一部分，怎麼樣也擺脫不了。

□

二十歲的時候，那是大二的暑假，我和樺在台北有一次短暫相遇，她上來台北考試，考完試當天晚上我們在森林公園裡漫無目的地聊天，她在我的心湖中投下了一塊大石後又像空氣一般消失無蹤，失心瘋的我開始不停的找樺，但手機打去後轉入語音信箱，家裡的電話也一直沒有人接，有時候我會一直重複撥打樺家中的電話直到鈴聲自動掛斷為止，也經常打樺的手機號碼聽她語音信箱裡的電腦女聲『您的電話將轉接到語音信箱，請在嘟聲後留言……』，這樣的情況幾乎呈現一種偏執，在聽到那電腦女聲後有種心安的感覺，在不至於發瘋的狀態下不得不這樣做，有些時候，我也經常刻意的經過樺的家門口，在前往台中市區的路上特地轉進她家門前的馬路上繞了一大圈才去目的地，那條路哪一支路燈壞了或是新開了什麼店我都會非常熟悉，期待著下個轉角就會遇見她了吧，她從門口走出來了吧，但是卻又害怕見到她，那矛盾的感覺充滿整整一年，但我仍無法得到樺的任何消息。就這樣，人生中重要的二十歲輕得像風中沙一樣被吹散。

□

二十一歲的時候我交了一個女朋友，她叫作蓉，是個護理學校的學生，我們在大學迎新活動結束後的慶功宴上開始熟悉起來的，然後我們開始互通電話、約會，她不算是讓人看了以後會暫時停止呼吸的大美人，但她有接近瓷器般白皙的皮膚，蓉經常將瀏海往後紮露出乾淨漂亮的額頭，那就像溫暖的白色沙灘，會讓人想躺上去好好睡一覺。不知道為什麼，在她的身邊我總是感覺安穩，我和蓉之間沒有那種見了面就緊張衝動的感覺，但卻有彼此心意互通的地方，就像兩隻小螢火蟲為了尋找光線而在暗夜裡互相慢慢靠近一樣，我們牽手、接吻一直到做愛都非常自然，沒有什麼地方卡住，那就像品嚐美食一樣的優雅。

我們在大學時就幾乎同居，睡覺的時候全身赤裸緊抱到天亮，早晨一起刷牙的時候她幫我擠牙膏，吃飯的時候我替她挾第一道菜，所有的動作都沒有任何疑問句的氣氛。我的鼻子過敏病發作的時候她第一時間就拿過敏藥給我服用，很自動的限制我喝奶類或是太甜的東西，塞給我無糖綠茶以及維他命，許多細節般的照顧簡直讓我覺得我從來就沒有認識過自己的身體。

「為什麼會喜歡我？」蓉躺在我的胸前問我，指甲輕輕刺凹我的皮膚。

「沒有為什麼啊，喜歡沒有為什麼吧。」

「那，你之前為什麼那麼喜歡樺？」

我沉默了三秒鐘。「這，我也不知道。」

「現在還喜歡她嗎？」

「應該沒有了。」我試著不去想樺的身影，只是試著。

蓉搖搖頭。「凱，我沒有故意要問這種問題，只是想說，我要的很簡單，就是一種安心的感覺而已，我要的不是習慣也不是原則，也不是轟轟烈烈的愛，我要的，是每個女孩子都想要的安心感喔，在我快要傾倒的時候能夠想起的臂膀，在我掉下眼淚時能夠想起的笑容，在我被雨淋濕時能夠想起的陽光，以一種很真實的形態存在著，我喜歡那樣真實的情感，而你剛好是那樣的人，就我現在所知道的你，未來我無法預測，但請你答應我，如果不再喜歡我了，請坦白對我說好嗎？」

「我喜歡妳，一直都很喜歡。」

我沒有任何懷疑的緊抱住蓉，就像她沒有任何懷疑的緊抱住我一樣。

二〇〇五的夏天，我二十五歲，為了不想再跟家裡伸手要錢，大學畢業後我直接選擇當兵，並沒有像同學們擠著去考研究所，我毅然的放棄了補習也放棄了畢業旅行，有時候想到『讓我們自由，就是讓你們自由』那股為了畢業旅行而熱血的回憶，不禁莞爾，越長大就越容易放棄些什麼吧，而樺呢？

「毛毛！你又把襪子和衣服丟在一起洗了，我不是跟你說過嗎。要分開來洗啊，還有，為什麼回家鞋子就亂丟！家裡也都不整理，上個月的水電費你繳了沒呢？」蓉雙手扠著腰對我吼著，我因為頭髮常常不吹就睡覺的壞習慣，所以一早起床總是有一頭毛燥的頭髮，蓉習慣成自然的叫我毛毛。我摀著耳朵趕快衝去洗衣間分類衣服和襪子，我和蓉住在台北汐止的半山腰，交往了四年多，蓉順理成章到了大醫院當了麻醉護士，而我則是進入了一家以筆記型電腦代工業務為主的集團，也算是順理成章的當了工程師。

這工作比預期的還辛苦，圖面要花一個月左右的時間設計，然後排定計畫將圖發包出去製作，接下來持續追蹤以及監督著製造廠商將產品盯到完全量產為止，設計時要趕著將圖面做到完整，量產時又必須到工廠盯線解決問題，所以我經常忙到三更半夜，但是，雖然如此，兩人生活還是平凡快樂，蓉的細心與懂得照顧人的個性撫慰了我每個加班的夜晚，但，每當夜深人靜的時候我總是覺得這一切欠缺了什麼，我愛蓉，這是無庸置疑的，對這份工作也做得上手，雖然收入有限，倒也是平淡快樂，但我還是覺得缺乏了什麼，這是真正的我嗎？我常常想起那年夏天和樺走在台北街頭的每一個場景和對話，還有後來那失心瘋的我，與現在的我相比，到底哪個才是真實的我？

「感激並不是感情喔。」蓉一邊擦著乳液一邊看著映照在她化妝台鏡子裡發呆的我，「毛毛你知道嗎，我朋友他們就是這樣，習慣了擁抱熟悉了對方，好像一切都是很自然的，但最後還是不行喔，沒了感情什麼都不是了，八年的感情一下就不見了，一句不適合就分開了，簡直就是一場笑話，女生要你謝謝她幹嘛，要你愛她呀。」

「那是因為男的太笨，偷吃也不知道擦乾淨嘴巴，還帶回家裡，會不會太誇張了點。」

「所以，要換作是你，你偷吃就會記得擦嘴了是吧？」蓉瞪著我說。

「小的怎敢。」

「你看你們男生就是犯賤，有錢了就作怪，不過我看很多了喔，在我們醫院就是這樣，外科醫生亂得很，整天小老婆小老婆叫來叫去超噁心的，自己都有老婆小孩了，還要包養護士，手術一整天在開刀房裡孤男寡女的都不知道在幹嘛，哪一天得病喔就知道，髒！」蓉擦著乳液，眼神不時的對我惡狠狠的瞪了幾下。

「真的嗎，大醫院都這樣嗎？」

「是啊，更誇張的是都還有檯面下的價碼表喔，像是這個外科醫生很資深薪水高，當然包養的價碼也會很高，菜鳥新醫生的薪水低，價碼就低，可是菜鳥通常年輕長得帥，所以要包養也不是不可能。」

「好羨慕醫生喔，早知道之前就努力讀書念醫科了。」我眼睛發亮了起來。

「羨慕你個大頭鬼，你去死啦！」蓉拿起床上的枕頭用力從我的頭上砸下去。

我將蓉壓倒在床上吻她。

「髒死了啦！你有沒有刷牙啊！對了，明天開始一個星期我上小夜班喔，你別給我偷跑出去玩。」蓉用手擦了擦嘴巴。

「跟妳在一起，桃花都被砍光了，哪有什麼地方可以去，苦命的呢。」

「苦命那就不要繼續啊，這麼勉強幹什麼，感情不是勉強就可以維持下去的喔，那我還是走好了，Bye。」蓉推開我就往家門口走去。

我起身跑出房間從身後抱住蓉。「因為我不能沒有妳呀。」

不能沒有妳，雖然只是嬉鬧中所說的話，但是後來，我不曉得付出多少代價才稍微明白這句話是多麼的奢侈。

□

時間不停的流動，科技不停的進步，網路時代裡 MSN 即時通軟體幾乎取代生活中的聯絡方式，這個軟體一出現後，彷彿將人類的溝通距離給拉近後又狠狠的推遠，將人類的肢體以及豐富的表情轉變成冷冰冰的電腦文字，一字一句制約了所有人，無法看見真實的表情，說話語氣的起伏，情人在 MSN 裡分手，親子間在 MSN 裡聯絡，帳號加入，帳號刪除，帳號封鎖，在龐大的網路伺服器裡交織著所有愛恨情仇，真實感情的價值一點一滴的在消耗有如時光飛逝，雖然我不喜歡它，但仍然任由時代的浪潮所推進，我們就是不斷的被自己創造出來的東西推進，即便那些東西使我們墮落。

而由於國中同學在網路上設立同學會網頁，使得從未聯絡的同學們也在網路上交流了，因緣際會下我得到了樺的 MSN 帳號，從來沒有跟樺在網路上聊過，我們熟悉的年代頂多是傳紙條、寫信，不然就是真實的面對對方，這樣隔著遙遠的距離讓我有些不適應，但還是懷著忐忑不安的心情加入了她，靜靜等待她是否會出現，期待著卻也害怕著，期待著是想再度看見樺彌補心中的那份空缺，害怕的不是怕蓉知道這一切，而是我那顆蠢蠢欲動的心如果擴張蔓延，我不曉得會是怎樣的世界。過了幾個月，那個帳號從未上線，一成不變的生活讓我懷疑地球是否還有在轉動，上班，下班，吃飯，睡覺，社會體制下的我們顯得如此渺小，每個人都像一顆小齒輪認分的轉動著，我常在想，其實，我們都生活在巨大的牢籠裡，所謂的個人自由意志也都只不過是牢籠裡的一部分。

某個正常加班的夜晚，電腦螢幕裡 3D 圖右下方跑出對話框。

『請問你是？』

我猶豫，然後仔細看了一下電腦對話框裡 MSN 帳號……

是樺！我輕輕將放在桌上的水杯拿了起來，並且慢慢的喝了一口水，視線仍然盯著螢幕。

『我是凱。』我慢慢將字打出來，然後聽著心跳聲按下送出。

『喔～好久不見。』

一句好久不見，重重的打入我的心裡，只是由0和1編碼組成的電腦文字，此刻正在我面前閃爍，我突然有些暈眩，時空彷彿又回到了那年夏天。

□

「凱，你知道特拉洛克（Tlaloc）嗎？」

「特拉洛克？」

「拉丁美洲神話裡的雨神，小時候媽媽跟我說，我命中帶水，是雨神轉世的喔，所以我的名字裡三個字都有木，就是為了防止水帶來的惡運，後來我才知道雨神就是特拉洛克，特拉洛克創造了阿茲提克帝國，祂給予帝國人民雨水、河川以及湖泊，讓帝國欣欣向榮的發展起來，但後來帝國卻也毀於暴雨。」

「為什麼雨神要這麼做？」

「被激怒吧，我也不知道，神應該都有一點完美主義個性吧，人也是啊，有時候人會親手將自己建立起來的東西毀掉，我想我們都有一點這樣的個性喔，就算我命中帶有水的惡運，但我還是對下雨有偏好喲。」

樺勾起臉上的笑容，並肩跟我走在木柵的校園考場裡，兩排樹蔭筆直的延伸，一條往學校後山的上坡路，很悶熱的午後，四周都是聚集著一團團陪考的人們，有的幫考生搧風，有的人聚在一起大聲喧嘩像是慶祝中榜似的，走在樺的身邊，空氣好像輕鬆了起來。

「真的嗎。那妳曾經有因為淋雨而發生過什麼惡運嗎？」

「那倒沒有，淋了雨的我，身上會散發出撲鼻的花香，臉龐會閃爍金黃色的光芒，經過我身旁的男人都會暈倒，因為我變成了大美女喔。」她的眼睛眨呀眨的笑著說。

「那倒是真的。」我認真點點頭。

「開玩笑的啦，你不覺得下雨很美好嗎？」

「比起下雨，我應該更愛陽光吧。」

「陽光不懂雨的美，白天不懂夜的黑。」樺輕聲的說。我搔搔頭望向天空。

樺的考場在這個上坡終點左側的一棟白色大樓裡，我們不發一語慢慢的踱步過去，不到半小時的時間，厚重的灰雲漸漸吞噬掉原本橘黃色的天空，空氣中瀰漫著淡淡青草味以及柏油路將雨水吸入後散發的氣味，路上的行人慢慢加快了腳步，手也遮在頭頂上，天空飄下了如繡花針般大小的雨滴，風的聲音漸漸的響亮了，樹葉沙沙的搖擺著。樺並不急著躲雨，她就站在考場大樓旁的一棵樹下將臉龐望向天空，雨水輕輕的降落在她美麗而且光滑的皮膚上，我發楞的看著她，就像注視著一幅在雨中的畫，樺的側臉印起了如上弦月般的酒窩，時間似乎靜止了，我只能聽得見我的心跳聲以及她深呼吸胸腔所發出來的聲響，的確，男人都會暈倒。

□

『不知道你過得還好嗎？我們似乎有好長一段時間沒有聊過了，我的印象還停留在那個夏天，那個下雨的午後。』

我望著螢幕的表情很平常，但心卻異常的顫動。

『我也記得，我們都被那場大雨淋得好慘，後來我們濕漉漉的坐上公車，然後從包包裡拿出 CD 隨身聽，我都還記得那首歌的歌名喔。』

『這我倒沒有印象。』

『Savage Garden — Truly madly deeply。』

『凱，對於我的事，我們的事，你都記得如此清晰嗎？』

『我也不知道，那些畫面就這麼住進來了，我努力過，努力的想趕走它們，但是沒有用，它們說來就來，想走的時候才走，雖然不是每個回憶都是清晰的，但是不經意的就會想起。』

『對不起，不知不覺的，我好像就這麼錯過許多值得紀念與懷念的回憶，雖然我曾經想為自己的生命留下痕跡，但是最後總是搞得狼狽而逃，一團糟喔，真的。』

『妳別一直說對不起了，誰也沒有對不起誰吧，這些年這些事好像都這麼順其自然的發生了，就在那一轉眼間，誰也沒把握去留下什麼，對吧？可是有這些回憶，很美！』

『凱，我一直覺得你是個很有目標而且都會努力的將它完成的男孩，這就是我欣賞你的地方喔，其實，我也曾經透過同學打聽過你的消息喔，我想你現在應該跟另一半過得幸福而踏實吧，我打從心底羨慕著你呢。』樺在字句後面給了我一個吐舌頭的鬼臉符號，不曉得為什麼那符號在電腦螢幕裡看起來格外刺眼，原來樺也曾找過我，我停頓了一下。

『還好囉，我總是搞不定她呢，妳呢？身旁的那個他？』我試探性的問樺。

『還好囉，我也總是搞不定他。』

樺跟我一樣的回答，空氣似乎瞬間凝結了起來，那一橫一豎的字體好像都被推到深不見底的懸崖下，沒有發出任何的聲響，那有如心中的天使突然愛上凡間的人們一樣，讓我感覺非常的不適應，也無法想像樺躺在平凡男人的胸膛上甚至接吻以及做愛，坐在螢幕前的我的臉被光線鋪上了一層深藍呆滯了許久，坐在螢幕後的樺似乎也靜默著，雙方等待著文字出現，一如往常的又被MSN給制約住。

『我們，有空見個面吧。』十分鐘後，樺先打破了沉默。

『好。』不到一秒鐘的思考，我就將訊息傳送了回去。

我想我跟蓉的關係還處得很好，除了她強勢的個性將我視為小孩般照顧，偶爾會讓男生的自尊受傷之外，我都還能適應蓉對我經常習慣性的口頭叮嚀，我心中告訴自己千萬不能主動，告訴自己是樺硬生生離開我的，我不能主動，告訴自己我愛蓉，這一切應該只到此為止，樺也沒有談到見面的時間地點，她在中部，我在北部，我們不會有交集的，我心中一直盡所能的壓抑與堅持，並將心力投注到了工作上。但，多方的堅持因為一通手機簡訊，我還是輸了，但或許一開始就輸了也不一定。

——今晚有空嗎？我在板橋喔。樺

加完班回家刮了鬍子，穿上淺藍色直條紋襯衫，白色皮衣，我轉動方向盤往北二高快速的移動，十一月的夜晚天空，厚厚的雲看不見星星散落，兩排金黃色的路燈快速的向後閃動，我感到口乾舌燥體溫又高，心跳聲不斷的佔滿整個車內，我不得不將音量轉大蓋過我無比緊張的情緒，車上 iPod 隨機播放著 Alicia Keys — If I ain't got you，我的手指頭不斷的敲打方向盤，腦海裡不斷翻轉著片段破碎的畫面，每段畫面就像針一般刺酸我，當歌曲到了 Kelly Clarkson — Because of you 的時候，車子已經從中和交流道下去轉到了板橋車站前的廣場，我甚至還不知道自己怎麼開過來的，車子就已經停在廣闊停車場旁的路口，我下車伸了伸懶腰，然後深深吸了一口氣緩和僵硬的身體，我靠著車門往左前方望著那年樺離去時進入的板橋車站。

「凱！」正當我望著偌大的板橋車站字樣發楞時，從右方傳來了這個字的聲音。

樺穿著連身丹寧布洋裝直挺挺的站在我的身邊，睽違五年之後第一次見面，我們在那路口互相注視著對方，周圍的空氣突然變得稀薄，我們都很小心的呼吸著，並且，就像說好似的沉默著，似乎覺得說話是一件很浪費時間的動作，我簡直想要把她的全身都燒入我的視網膜裡永遠記住，我的視線像羊毛毛刷一般輕輕掃過她的臉，她的鼻尖、嘴唇、脖頸、鎖骨，V形領的胸口，腰間棕色的皮帶，白皙的腿以及亮皮高跟鞋，然後再小心的掃回來，茶色的髮是大波浪形的，頭稍微一偏就會輕輕晃動，刷了睫毛膏撲了一點腮紅，嘴唇上也有淡粉紅色的唇蜜。就好像確認完畢一樣，我們同時也很有默契的開口說：「好久不見。」

車子從大直橋下去後往美麗華前進，兩人之間五年的空白似乎有許多話想說卻說不出口，空氣中顯得很猶豫，一方面我是緊張，一方面腦袋一直打轉著許多問題，包括她說她上來台北很久了，為什麼會在板橋，為什麼五年沒有消息，一切的一切我都好想知道，我和她坐在摩天輪上面面對漸漸寬闊的台北夜景，想說的話似乎隨著透明小球的高度而滿溢到了嘴邊。

「嘿，凱，你最喜歡聽哪首歌？剛剛車上聽到的好像都是外國歌曲，以前你不都愛聽日文歌曲嗎？」她問，手中拿著 Mp3 手機操作著。

「只要是音樂都 OK。」

「我很喜歡這首歌。」樺輕輕按下按鈕，前奏一出來就讓我輕輕嘆了一口氣。

Look at the stars

Look how they shine for you

And everything you do

Yeah, they were all yellow……

「Coldplay — Yellow。」我說。

「對，Yellow。」

她闔上眼靜靜的看著窗外夜景聽著這首歌，溫暖的黃光灑在她的側臉，令人無法想像的細緻。

「五年了吧，為什麼妳不給我一些消息呢？」我故作鎮定從發抖的嘴唇裡發出聲音。

「我也曾想過你。」樺把音量轉小，身體微微向後靠。「但是，這幾年我真的發生了很多事情，每每心情沮喪，我都會想到那年夏天還有更早以前那種單純快樂的生活，越去想，反而越讓我退縮，我不要每次都這樣求助於你，我討厭這樣的自己，況且，你有自己的目標而努力踏實的活著，我就更不能再將自己一團糟的生活丟給你。」

「一團糟的生活？」我心裡充滿了問號。

「其實，我已經在台北工作將近一年了，住在男友家，他是個佔有慾很強的男生，當初不顧爸媽的反對一個人跑了上來，發生了好多事呢，以為逃出了家中的牢籠，結果現在又跳進了另一個牢籠，他常常監視著我的一舉一動，常常打電話啦、傳簡訊，讓我喘不過氣來，而我們的個性又是互不相讓的，所以常常不小心就鬥起來，但是他的確很關心我，他的家人也是，我常想這也是他愛一個人的方式吧，因此就這麼一直走下去。」我能感覺樺的笑靨下藏有很多故事，我有種超現實感，不是很真實的感覺。

「那妳呢？妳愛他嗎？」

樺陷入疑問句式的沉默，眼神又朝向窗外。

「對不起，請當我沒問，不是故意的。」我連忙道歉。

「不，沒關係，我只是不曉得怎麼回答這樣的問題，但是卻又很想認真的回答你，所以稍微想了一下，我對他的感覺，嗯，怎麼說呢，他長得不帥，也不高，甚至有些中年男子的味道，但是……」樺好像想起什麼似的沉默了一下。

「他比妳年紀大很多嗎？」

「喔不，他年紀小我兩歲。」Yellow結束，樺把音樂切掉。「他呢，各項條件都不怎樣，論外表論家世或是事業，當然，我也不怎麼樣，所以我並不要求什麼，只是普遍價值觀裡他是不怎麼樣的平凡男生，而且，在他之前其實還有很多還不錯的男生喔，有85%以上的，甚至有90%的，但對我來說都沒有用喔，他所擁有的那1%，就是那1%吸引我的，我這麼說不知道你了不了解。」

「我大概可以想像。」其實我想像不到。

「如果你問我是哪1%，我也無法清楚形容，不過如果硬要說的話，我想，那種感覺應該就像是把1％的 espresso 加入美式咖啡裡一樣，加多了太苦澀，不加又顯得無味，因為我所能承受的就只有那1％，不然我會被壓垮喔。你知道嗎？」

我深呼吸一口氣，「我試著揣摩一下。」

「呵，對不起，我又說了一些奇怪的話。」

「不會，我似乎能聞到咖啡香了呢。」我笑著說。

在樺的心中，我是幾％呢？是85％還是90％，我想不管怎樣一定都超過1％吧，為什麼不是那1％就不行呢，我突然感到懊惱，那微小的1％是我永遠到不了的地方吧，想到這，心底有股淡淡的無力感。

□

透明小球到達底部後，我們往停車場方向走去，樺還是習慣性撥弄著她的裙襬，這樣的動作頓時才讓我覺得回到過去。

「怎麼了？」她笑著對我說。我搖搖頭，這時，天空竟然飄下髮線般的雨絲。

「特拉洛克。」我望著天空。

「你，還記得啊。」她也望向天空。

「陽光不懂雨的美，白天不懂夜的黑。對吧？」我說，樺點點頭。「還有，現在不能拉妳去躲雨，要看著妳淋雨散發出撲鼻的花香，臉龐閃爍金黃色的光芒，然後男人都會暈倒，因為妳變成了……」話說到了一半，樺將手伸了過來輕輕撥掉我額頭前髮絲上的雨水，這動作讓我嚇了一跳，額頭前感到柔軟的觸感，連毛細孔也瞬間放大了。

「今晚，再帶我去一個地方好嗎？」樺用柔軟的眼神注視著我問。

之四／或許，妳就是小曼吧

樺想要去的地方在文化大學的後山，我知道那地方有很不錯的夜景，回過頭想想，我有多久沒有帶蓉上去過了呢？不過我想不起來。車窗上黏著雨滴將山路旁的夜景打碎成一片片光斑，淡淡的霧穿梭在樹林之間，我打開遠射燈和地燈，霧不斷的被車燈染白後又被車體穿散，雨不大，樺將窗口開了一道縫，夜的黑帶有沁涼味道流瀉進來，我們都深深呼吸了幾口意味長遠的氣。車子到了台北最高的星巴克前面巷子左轉，進入了大學教員宿舍區，經過了幾個轉折小彎再爬了個坡，右手邊出現了校園的建築物，前方一個下坡映入眼簾是幅員遼闊的夜景，星期三的夜晚沒有半個人待在附近，山區的風比預期的小，只稍微撥亂了我們前額的髮梢，眼前的夜景被蒙上了一層紗，閃動的光被霧噴散後好像跟著風一起搖動起來。

樺從黑色亮皮手提包裡拿出SONY數位相機走下了車，薄霧般的雨飄浮在四周，樺拿著相機好像在尋找什麼角度似的拍了幾張照片，最後她好像找到最好的角度，她站在第五塊護欄石上拍了好幾張，快門聲很清楚，拍完後就把相機握在手中靜靜望著遠方，她的背影在雨霧中很像風鈴，一瞬間就可以讓四周安靜下來而且聲音好聽的風鈴。

「雨好像慢慢變大了，坐進車裡吧。」我站在樺的身後對她說，但她仍然保持著沉默，彷彿在堅持些什麼。樺持續到雨水滴答的敲響路面才跳下石頭走進車內。

「凱，我們沒有聯絡這段時間，你真的常常想起我嗎？」樺拿出手巾輕輕按壓被淋濕的髮，不知為什麼，雨水就像催化劑一樣，將她身上的香味更強烈的釋放出來，樺真的很適合雨天啊我想。

「經常，應該說是幾乎無時無刻。」

「跟你女友在一起的時候也是嗎？」

「其實，我一直試圖克制想見妳的心情。」我插入鑰匙往右轉將車子發動，然後將椅背稍微調斜，開啟冷氣送一點乾燥的風。「不過好像沒什麼用，我和女友過得還算幸福，雖然我不知道幸福該如何定義，至少她帶給我的是前所未見的安穩感，但是，我對妳幾乎可以說是本能行為，就像啄木鳥終其一生都在用那尖銳的喙鑿開木頭一樣，說一生可能太過於沉重，但無論如何，我只知道，『想起妳』，這個本能行為一直還在持續著。」

樺嘆息。「對不起，我讓你困擾了。」

「沒事的。」我搖搖頭。「妳知道徐志摩嗎？網路上寫的，他的三個女人，就像一個男人一生會碰到三種女人，一個是無怨無悔的照顧他的元配張幼儀，一個是與他談心談詩的林徽因，一個則是讓他不顧一切瘋狂愛上的陸小曼，或許，妳就是小曼吧。」

「小曼？」樺睜大亮亮的雙眼有些疑惑。

我點點頭。「小曼妳好。」

「不過徐志摩因為遇見陸小曼，後來的下場好像不怎麼好喔。」樺說。

「嗯，好像也是，不過這誰也說不準吧，說不定，那對徐志摩來說是個 sweet pain。」

「有甜蜜，就有痛楚。」樺自言自語的說。「不過，你所說的不顧一切，對我來說也似乎太沉重了，我從來不曾要求些什麼，有時候只是想輕輕鬆鬆的走，可是老天似乎都要讓我兜了好幾圈，兜得我筋疲力竭，最後還是站在原點發呆，這幾年跟家人跟男友都處得不好，我努力過了喔，但是都沒有用，惡運形影不離的一直跟隨著我，有時候都不知道該不該放棄自己，就讓一切都無所謂。」

樺的眼神頓時軟弱了起來，我一直在想像這幾年樺到底發生了什麼事，當然，那也只是徒然。

「為什麼特地來這拍照？」

「為了紀念，同時，可能也為了悼念。」樺握拳輕咳兩聲，昏黃的燈光下她的臉龐和身體簡直就像從天堂不小心掉落下來的珍寶，樺又緩緩開口。「你不覺得，有很多美好的事情就像蠟燭的火焰一樣，必須很小心的呵護，因為，那火焰一旦被吹熄以後，就永遠消失了。」

「妳是指，回憶嗎？」

樺搖搖頭。「不，是比回憶更實質的東西，就像初次接吻時互相聞到的氣味，第一次看夜景時晚風吹拂的角度，第一次擁抱時所使用的力道。這些東西在第二次、第三次以後就不一樣了，次數越多，時間越久，再加上混雜了許多情緒，全部都會變質，我拍下來，是為了再努力維持著那微小的火焰，就算只有一點點也好。」

我將目光朝向天窗，玻璃面上的雨滴將路燈投射進來的光線打成碎影，有雨滴流了下來，那碎影就好像黏在臉皮上的淚珠一樣。我有點想哭的衝動，但感覺又還沒到那地步，只好沉默不語。

樺嘆了口氣。「不說這些了。凱，我們以後有空去墾丁好嗎？」

我點點頭。「好啊。」

「我很喜歡去墾丁，曾經一個人就這麼突然買了往高雄的火車票然後南下，到了高雄後隨便找一間旅館住下來，什麼行李都沒有帶喔，然後待了一個晚上又再往南到墾丁喔，那時候啊，一個人走墾丁大街往船帆石的柏油路上，你知道船帆石嗎？」

「我知道啊，以前當兵在恆春待過三個月，那邊我都很熟喔，像是龍鑾潭啦、貓鼻頭、鵝鑾鼻、南灣、小灣、佳樂水、出火，我都去過喔。」

「好羨慕，凱想必在當兵的時候一定很混，不然怎麼會知道這麼多好玩的地方。」樺笑著說。

「當兵就是不打勤、不打懶、專打不長眼，我個性很懶但是我很長眼，依照長官們的喜好去巴結就OK了。」

「可以想像得到你笑起來的奸詐表情。」

「我很誠懇的。」我睜大雙眼對樺做了個無辜表情，今晚樺第一次笑開了。

「那個時候啊，我從墾丁大街走到船帆石，還穿著紅色高跟鞋呢，跟今晚穿的一樣高喔，海風吹著，經過我身旁的車輛有兩三部就這樣停下來問我要不要搭便車呢。」

「看到美女落單，誰不會停車呢。」

「可是我都沒有坐上去喔，從我心底傳出堅持的聲音『讓我從墾丁走到船帆石吧』，我想沿路享受美景以及音樂，這是我二十幾年來第一次這麼堅持。最後呢，腿走瘦了，我把紅色高跟鞋摘了下來用手拎在背後，很酷吧，冬天的柏油路還不是很燙，而且還暖暖的，遠方是很美麗的夕陽漸漸沒入海平面，真希望永遠就待在那邊不回來了。」樺的眼神又閃爍了起來。

「很棒的感覺。」

突然間，樺的身體忽然向左傾斜，我還來不及反應過來，她已經靠在我的肩膀，柔軟的髮絲被冷氣的風吹著搖晃，樺的香味四溢。

「凱，我也曾經喜歡過你，只是——」

我急忙打斷樺的話。「這樣就夠了。」

「嗯，這樣就夠了。」樺重複我的話。

那直搗內心深處無與倫比的東西好像在某處窺探著我似的。

□

十二月，溫度降到了十度，冬天毫不留情的降臨，李安因執導《斷背山》而獲得奧斯卡最佳導演獎，禽流感肆虐全世界，卡崔娜颶風席捲美國紐奧良，地球轉動著，這世界照常的發生許多事情，但都好像跟我無關似的一直在進行著。

我在汐止望著把所有景物都浸濕的綿綿細雨，生活只剩公司裡的案子還有工廠裡等著組裝上線的機台，整個部門陷入昏天暗地，雖然砲火沒有直接轟炸到我這個新進不到半年的菜鳥，但也必須在跟蓉過完我的生日之後隔天就啟程到新竹盯線，接下來的整個月也許都會是這樣的生活，而新竹離台中一個小時的車程，所以我也經常就順道回台中找Kego，蓉總是不多過問我的行程，也不會緊迫盯人，完美的滿足我愛好自由的心，雖然自由和任性的定義相差不遠，但是蓉的確盡可能的完全滿足我，這讓我的自由膨脹起來而不知覺。

Kego跟我從80%畢業以後考上了普通大學的設計系，這個也是當時讓我們驚嘆不已的事，一般技職體系的學生並沒有足夠的能力跟普通高中生擠大學聯考，Kego現在是個研究所學生，他從東海大學設計工作室騎著摩托車悠悠哉哉的到市區跟我碰面，我在想，要是我待在台中沒有北上的話，我是否也會像他一樣悠悠哉哉的，是否就不會遇見樺了呢？命運交會這種東西真是玄，以為自己遠離了，卻又近在咫尺。

「Kego，我有件事跟你說，我跟樺見面了。」我點了炸薯條來吃，故作鎮定說了這句話。

「誰啊？」Kego好像沒發現似的繼續扒著他的牛肉燉飯。

「天使啊，樺。」

噗的一聲，Kego從鼻孔和嘴巴噴出了飯粒以及牛肉湯汁。

「喂，有沒有這麼誇張啊？」我跟服務生要了一疊餐巾紙給他。

「咳！咳！你說那個美麗的天使小姐，樺？」Kego吞了一大口珍珠奶茶。

「拜託，你反應也太大了吧，是啊，我們又再重逢，有五年了吧我想。」

「我反應當然大啊，還記得當時你帶她來校慶，殺死我們班多少個男生啊，當時你就變成全班男生的公敵，只有我獨排眾議支持你呢，你們見面時有做什麼事嗎？那蓉呢？」Kego的耳朵豎到了看不見的天花板上。

「其實也沒什麼，就只是見見面一起吃個飯聊聊天，然後去坐個摩天輪看個夜景。」

「就這樣？」

「就這樣。」我點點頭。

「我思考一下。」

「思考什麼？」

「思考為什麼你要騙我說，你們沒怎樣。」Kego露出認真的眼神。

我嘆口氣。「哎唷，真的沒怎樣啦，我和她都有各自的伴侶，這個相遇的時間只能說非常的尷尬，所以我們有共同的默契，不能隨便踏入那區域。」

「天使竟然也會有男友。」Kego 摸摸下巴。

「很可惜的，她也是人類。」

「那，她有沒有說這五年她去哪裡了，怎麼一點消息也沒有，我記得我還常常載你去繞大連路那一帶，最近還新開了一家叫作 Blue 的咖啡店，你看我多熟。」

Kego 推了一下眼鏡又繼續開口。

「我不知道，感覺她好像過得很不好，盡說了一些很灰暗的話，而我也不想去追問，你知道的，去追問那些未知的而令對方傷痛的事，其實也是另一種傷害，我一直覺得，很多事都必須要靠自己才能夠痊癒，命運這東西太難去描述了，Kego，你覺得我該怎麼做？」

Kego 用餐巾紙擦了擦嘴邊，再拿起檸檬水喝了幾口。

「你知道挪威的森林嗎？」Kego 眼神正經的看著我。

「The Beatles — Norwegian wood？」我回答，心裡想 Kego 是不是又要丟什麼怪理論出來。

「算答對一半，你聽好，想像一下，在北歐挪威的森林裡面常常濃霧瀰漫，那是個非常古老原始的森林，大概是上帝造人時就有了，只是上帝太忙沒有去注意到那座森林，就讓它放著。森林沒有入口，也沒有出口，每一處都排滿濃濃針葉林，所有人來到這個地方走了進去，都會在迷霧裡脫下所有在生活上所扮演的面具，由於霧很濃，別人看不見你，你也看不見別人，所以所有人都會赤裸裸的將自己暴露在這森林中，不管邪惡的、羞恥的、悲傷的、快樂的、憤怒的。任何一面都會展現出來，因為大家都相信這裡離上帝最近，那麼，你現在正站在這森林裡的深處，所有的面具都已經脫下來了，你再往深處走了幾步，記住喔，別人看不見你，你正站在森林正中央，赤裸裸的沒有任何一個人，只有上帝把耳朵靠在你的嘴邊，然後問了你一句話：你現在最想看見誰？」Kego 將食指指在我的兩眼中間。

兩個人沉默了約二十秒，紅茶店裡充滿著杯盤聲與談笑聲，可是我好像被 Kego 的話迷住般所有的聲音都聽不太見，我感到有陣風從森林深處冰涼的吹過來，讓我不由自主的閉上眼想了又想。

「樺！」兩個人異口同聲相差不到一秒鐘，答案出來了。

「糟糕！」我雙手抱著頭，而 Kego 一副『我就知道你這個傢伙』的奸詐表情讓我更難堪。

「你有沒有想過要怎麼做。」Kego 的眼神突然堅定起來。

「我不知道，還是先順其自然，反正就盡量克制自己吧。」

「順其自然呀。」Kego將眼神轉向窗外。「這句話真的很廉價，俯拾即是，每個人都會說的喔，這句話到底是在什麼情況下被發明的呢，彷彿從內心浮出來後就迅速被隨便的丟到這世界上，既然說出來以後就註定要被丟棄的字句為什麼有存在的必要呢？」

Kego說完，我沉默了。

「並不是說你很隨便，我相信你也不知道要怎麼做吧，沒有答案的問題是無法用言語表達的，我想說的是，你千萬不要對你已經深信已久的事情產生懷疑，不然會亂掉喔，人在混亂的時候會做什麼事誰也不知道，不管怎麼樣，你只要知道你現在正在做些什麼就好。」

「知道我現在正在做些什麼就好……」我低頭重複Kego的話。

「還記得我跟你說過的終點嗎？」

「記得。」我說。

「試想像一下，失去蓉，失去樺，或是兩者都失去後，你的心理狀況。」

「很難。」我說。「而且，為什麼都是失去。」

Kego嘆口氣向落地窗外望去。「C'est la vie.」

「C'est la vie.」我說完也朝同方向望去。

窗外馬路上的車子依舊忙碌的來來去去，我想著，那些車子是要往哪裡去呢？接下來又要到哪，他們真的都知道自己在做些什麼嗎？情侶手勾著手，單身的人手插著口袋，小孩、學生、老婆婆、建築工人從斑馬線這端走到那端，他們都在想些什麼呢？有沒有像我這樣被困擾著，我常常思考，但總是沒有答案，跟這個世界要一個答案實在太艱難。

□

蓉今晚十二點下班，和 Kego 分開後，我回台中的家住一晚然後隔天再往新竹去，最後再回台北，電話中免不了被蓉唸了一下家裡的衣服都沒收還有水費快點去繳之類的，我也習慣性的應諾許多事情。洗完澡後，我坐在因為一段時間沒人住而到處都是灰塵的房間裡，我拉開了書櫃最底層的抽屜，從滿滿是信封信紙堆中抽出了一個 A4 大小白色紙袋出來，表面用深藍色原子筆寫著『Angel』，紙袋有些泛黃，從裡面拿出了一封被讀過好幾次而顯得有點發黃舊舊的信出來。

Dear 凱：

收到你的信，心裡其實有很多話想要告訴你，但是我想你也知道嘛，我是個無可救藥的懶蟲，所以一直遲遲沒有回信，而且這年頭好像大家都開始用email寫信了，能收到用手寫的信feel還真的不錯，進入主題。我想呢，你呀，真是太不了解我了呢，你的信中竟然提到了我是不是討厭你，所以總是避著你離你遠遠的，『討厭』這兩個字是否太過於沉重了呢？其實啊，我自己知道我不是個善於處理人際關係的人，最明顯的例子不就是慘澹的國中生涯嗎，而我唯一選擇的回應就是鴕鳥式的逃避，可能也因此造成了許多人對我的誤會or不諒解，偏偏我又是不喜歡向對方辯解的人，so，或許你會覺得我們有了心結，但，我心裡是真的很感激你的喔。從國中到現在，有多少人還能跟我保持聯絡的呢，至少你對我而言已是難能可貴的了，你不覺得越長大一些，就覺得離過去很熟悉的人、事、物越遠又越模糊了，就算捉住些什麼來回味過往也會因為率性的放掉了什麼而感到惋惜，呵……我正感性著呢，明年過完生日就要二十歲了，現在的心境就好像成為老頭子般（應該是老婆子）的在為已逝去的光陰哀悼，哎呀，不說這些了，我最近去把頭髮剪短又燙捲了呢，沒有抹保濕的時候就會蓬蓬的，之前留好久的長髮一下就剪掉了，你能想像嗎？另外，也好久沒上去台北玩了，明年暑假的時候可以的話再去找你吧，最後，我想我還是應該正面回答你的問題，那，我希望我們一直一直都是朋友，不要做任何改變好嗎？就先這樣囉，非常高興收到你的信。

樺 1999．10

我深深的嘆了口氣，耳邊還彷彿可以聽見當初飛機螺旋槳苦澀乾乾的聲音。

嗶嗶！

——凱 你有回台中嗎？我必須要見你一面。樺

我看著樺傳來的簡訊，又看著樺寫給我的信，螺旋槳的聲音越來越大聲。

□

晚上九點半，吃完飯餵了狗，我躡手躡腳走過客廳，經過渾身酒味正在呼呼大睡的老爸，因為光線不足我膝蓋撞擊到電視前方的小茶几。

「凱，這麼晚要去哪？」老爸還是側躺背對著我，我已經嚇出一身冷汗。

「我去買個宵夜。」

「幫我買包白長壽。」說完老爸的鼻子又發出了鼾聲。

北上念書後，我們家就從台中市區搬到這個離市區大約半個小時車程到處是稻田的小鄉下，由於是透天厝，家裡的空間變大了，住在裡面的人也似乎一點一滴的在改變，父親仍然經常性的喝酒，但是喝酒完吵鬧的次數減少很多，自從那一晚扣住他的咽喉讓他差點到了另一個世界以後就開始減少了，但是烙印在腦海裡的陰影還是揮之不去，在大學學生宿舍睡覺時，只要室友的門關了大聲一點就經常被嚇醒，我甚至心裡習慣性的自動盤算關門的用力程度，如果很用力我可能該起床了，但是算到一半後才發現自己原來不在家裡。

但現在常常看到父親在後院揹著噴灑器以及拿著鋤頭照顧著他的菜園，而加諸在我們身上的束縛好像比以前鬆了些，想到以前，母親個性強勢但卻因為父親經常不在家經常喝酒鬧事而非常缺乏安全感，所以對孩子們的寄望非常的深厚，寄望大概也有一部分是只能從孩子們身上找回安全感吧，只要我們稍微不注意和關心母親，她都會非常的敏感。

她曾經寫了紙條放在我桌上，內容是寫我太在乎蓉而不關心她，所以母親撂下狠話叫我不准再帶女朋友回家，真是讓我啼笑皆非，當時雖然是母親、兒子和兒子女友的關係，卻搞得很像在談複雜的三角戀情，三個人之間關係低落到了谷底，而剛搬進鄉下的時候，就連我房間床和書桌的位置擺放不合母親的心意就能夠跟母親爭吵半天，碗怎麼洗、地怎麼拖、甚至櫃子裡的東西怎麼擺放，母親都有一套正常流程，稍微不合，就能夠爭執好一陣子。

這些種種自從我離開家以後，似乎都逐漸改變，我想起了日本作家村上龍寫的一句話：春天來臨使得冰山逐漸崩解，原來崩解也代表幸福的象徵，崩解也代表幸福的象徵，扣住父親的咽喉讓他差點斷氣以及離開家裡獨自生活也算是種崩解嗎？我感到有些可笑，或許人性就是這樣，必須要等到真正有激烈的動作或是直接分開的時候，那微妙的什麼東西才會在心裡發酵，就像葡萄必須離開樹進入橡木桶裡才能發酵變成好酒賣出去養活整個葡萄園一樣，就像必須流血革命才能夠進入下一個時代一樣，我輕輕的關上門，看著這個令我走過黑暗期的家而朝樺的方向前進。

樺的家附近還是一樣，兩排舊公寓，一樓的店面幾乎都拉下藍色鐵門呈現很蕭條的感覺，幾輛 50cc 摩托車騎士沒戴安全帽從旁呼嘯而過，巷子口的流浪狗叫了幾聲，在樺家門口不到五十公尺的路上亮著 Blue Coffee 這個招牌，我喜歡這個名字，由於巷子裡很空曠，發藍光的 Blue Coffee 招牌將附近都染上一層藍，今晚的心情和空氣似乎也很憂鬱。

「要去哪？」我問，樺打開車門坐了進來，脖子圈了一圈米色網格圍巾，迎面而來的是類似剛洗完澡的香味，髮絲似乎還沾著水有點亮亮的，臉上帶著明顯倦容的她令人憐愛。

「不知道，哪裡都好，我只想離開這兒，然後見你一面跟你聊聊。」樺的語調很低沉。

我發動引擎往七期重劃區前進，路上樺沒有說任何一句話，我心中雖然有許多問號，但一時之間卻也無從問起。我們在新光三越附近一家叫作AMANKING的PUB前停了下來，門口有很寬闊的廣場，四個直立的石頭藝術品插在門口廣場的水池裡，水池後就是主體建築物，水黏著巨大的落地窗從上而下流動著就像瀑布般發出沙沙聲響。

推開像樹般高厚重的大門，看見右前方有一個大舞台，舞台上的五人Band正在演唱著Daniel Powter — Free loop，舞台前大約有半個籃球場的大小擺滿了木質圓桌和椅子，酒促小姐和服務生到處走來走去忙著，我選了左側角落的兩個位子，酒促就開始推銷啤酒，為了讓她快點離開就隨便點了四瓶Corona，我自己則是點了一杯Whisky tonic，樺點了Vodka lime以及一些炸洋蔥圈、薯條，五人Band換了一首Robie Williams — Feel，前奏一開始，底下的人們開始拍手歡呼。

「你會不會很累啊？不好意思讓你這樣奔波。」樺轉過頭很不好意思的看著我。

「還好，那妳要陪我喝酒啊，乾杯。」我舉杯，樺將手中的 Vodka 一飲而盡，我嚇了一跳，連忙阻止她，可是已經來不及，樺已經是又咳嗽又是笑著。

「還好吧。」我拍拍她纖細的背。

「凱，我們認識有多久了呢？」樺望著我，我連忙轉過頭去避開我的臉紅。

「一九九五年的冬天從妳傳紙條給我要我陪妳去拿藝術照開始，有十年了吧。」

「你記得好清楚喔，完了，這樣我好難堪，我欠你一杯。」

樺將桌上的 Corona 倒了一大杯，又是清空杯底，我的阻止沒有用了，今晚樺似乎有許多心事。

「好懷念當時的單純喔，凱，你有被深深的誤會過嗎？那種任憑說破了嘴也沒人相信你甚至家人也不相信你的誤會。」樺用手托著腮說。

這時五人 Band 剛演唱完 The Bee Gees — Emotion 後，DJ 開始播放 Lounge，五人 Band 收拾樂器，大概是換場時間，此時終於恢復了談笑聲和杯盤聲交錯著。

「好像有，可是當所有人都不相信你的時候，那就不是誤會了，就變成是自己本身的問題，我也曾掙扎過，但最後還是只能在這世界普遍的價值觀裡隨波逐流了，甚至懷疑起自己的人生。」

「你說的很有道理，我就是這樣到現在都還一直在懷疑自己，常常給別人帶來麻煩，可是啊，心裡並不是想這麼做的，你知道嗎，並不是。」樺搖搖頭。

「發生了什麼事嗎？有辦法具體的講出來嗎？」我說，樺又倒空了半瓶啤酒，我剩三分之一的 Whisky tonic。

「這要從兩年前講起吧，我在一家平面設計公司工作，會進這家公司，是因為這家公司的老闆是父親好友的親戚，因此我被介紹進去了，剛開始都還不錯喔，我對平面設計也挺有興趣的，對於排版做海報、名片或是廣告看板都還滿有天分的喔，老闆也滿賞識我，整個工作室也相處得很融洽。」樺乾咳了幾聲，又喝了幾口啤酒。

「好景不常，過了大約半年，有個男生常常來工作室，我當時還不知道他是誰，但他來的時候總是會幫我買杯咖啡或是 Cake 之類的，也經常送一些小禮物給我，說話的語氣也很溫柔，但當時我們見面只限於工作室而已，我並沒其他的想像。一段時間過後，我爸突然跟我說要介紹男友給我，當時我不以為意，才剛出社會也沒想過要交男友，後來，公司裡每個同事對我的眼神都變了，尤其是男同事，看到我都會避得遠遠的，私下問他們也不說，後來老闆把我叫進去辦公室，說要介紹他兒子給我認識，我才驚覺到原來是同一件事，更荒唐的是，連我們約會的時間，我父親和老闆都幫我們敲定了，雖然心裡不高興，但我還是礙於家長以及上司的壓力硬著頭赴約了，心裡想說去吃頓飯也無妨，可是到了當天他爽約了，也聯絡不到他，像空氣般消失了。

「我在約好的地方等一陣子後就回家，回到公司上班後，流言四起，同事說我沒有赴約放了老闆兒子的鴿子，讓他一個人在大雨中等了兩個小時，然後還看到我牽著一個男生的手從他附近經過之類的鬼話，由於我才進去半年，還算新進，同事沒幾個相信我說的話，你想，公司老闆的兒子和半年不到的新進員工，誰會相信我呢，我雖然很難過，但後來那老闆兒子就比較少來，既然看不到了，我也就算了。」

「妳父親呢？妳父親應該相信妳吧。」

「基本上爸爸沒說什麼，一句過去的就讓它過去就沒事了，但事情並沒有結束，有一天我被老闆叫了進去，他問我為什麼有男友也不跟他說一聲，害得他兒子這麼喜歡我卻連追我的門票都拿不到，還說，當初就是因為我長得漂亮，剛好他兒子看到也很喜歡才讓我進來公司這種過分的話喔，我真的很無奈，後來我又撐了幾個月受不了終於離職，逃避是我唯一能做的，爭辯這種事情只會讓我越來越混亂而已。父親是個很傳統的人，他認為我沒必要為了這一點小事就離開這樣還不錯又不容易進去的公司，可是我真的受不了，同事誤會我、老闆誤會我的感覺，現在連父親也這樣，我並不想恨老闆兒子，但我總可以離開吧。」樺吸了一口氣再慢慢吐出來。

「離職後，我就認識現在的這個男友，結果呢，因為他的控制慾太強，懷疑心又很重，常常突然跑到台中來找我，有時候因為吵架我不想見他，他就在我家門口一直等，甚至跪著等喔，這讓我的爸媽對他都非常反感，有一年除夕夜，他因為一直在我家門口徘徊，父親氣到叫了警察過來，中間起了爭執我父親還揮拳揍他，真是個很不平靜的除夕夜呀。

「昨天我和他吵了一架後，我就請假回台中家裡，我父親知道以後就開始罵我，他說：『之前那個老闆的兒子看起來斯文又溫柔妳就不要，偏要這個暴力狂，還離家出走去男友家住，現在又常常吵架動不動就跑回台中，妳是要把家裡搞得雞飛狗跳妳才甘願是吧？』我很難過，唯一能依靠的家人如今也是如此的誤會著我，可是我又無力反駁，說實在的，這一切不就是自己造成的嗎？那種墜入深谷的感覺又再度侵襲我，我不曾要求過些什麼，但似乎很多事情在冥冥之中都自己搞砸，我真的沒有力氣了。」

樺說完頭低了下來，背部微微在抽動，樺哭了，我感到喉頭發熱，我的手掌移到她的後腦勺像撫摸小貓般輕輕的撫摸她。

「放鬆一下，能哭就哭吧。」

我一直順著髮撫摸著樺，直到樺的背部不再抽動，此時舞台上換了另一組五人Band，站在舞台左側的貝斯手是一個理了個大光頭的外國人，很標準的鷹勾鼻，身材很精瘦，我想大概是英國或是義大利人吧，他離我們比較近，面朝著我和樺雙手握拳抬到他的眼睛附近轉了轉，擺了一個很可愛的哭臉表情，樺破涕為笑，我朝他比了一個 OK 的手勢，他也朝我比了一個 OK，接著轉頭跟鼓手和主唱交頭細語，音樂一下，演唱了 The Beatles — Oh daring，主唱不時朝我們唱著……

Oh! Daring , please believe me
I'll never do you no harm
Believe me when I tell you
I'll never do you no harm……

老式情歌的影響下，有兩三對情侶站了起來擁抱著慢舞，樺也擦乾了淚，很陶醉的表情聽著這首歌，五人 Band 似乎看到了氣氛還不錯，繼續演唱了 Bon Jovi — All about loving you，紫色、藍色的投射燈四處轉動著，身旁的樺閉著眼微笑著，音樂就像溫暖的河流從耳朵進入將沉重的一切都再帶走。我又點了一杯 Whisky tonic，樺也喝完了第二杯 Vodka，有些搖晃的她又再加點了一杯。

「妳還記得畢業時妳送給我的紫色星沙嗎？好像是妳去沖繩玩的時候買的。」我說。

「記得啊，我塞在你的抽屜裡就走了，你還留著？」樺很不可思議的看著我。

「當然啊，連紙條都在，還記得那天，其實我有看到妳放東西到我的抽屜，後來我抓著那罐星沙，衝出教室去找妳，好怕，會不會永遠再也見不到妳，因為那時候已經是最後一天在學校了，衝到校門口竟然下起大雨，我一個人淋著雨，又走回了教室。」我不想說蹲在鐵棚裡哭泣的事。

「怎麼，在我不知不覺中總是錯過了許多事情呢。」樺又喝了半杯。

「現在，看著妳，好像不是那麼的真實，但是卻是無法比擬的美麗。」我望著樺。

「如果沒有過去和未來，只有現在，我願是你的小曼。」

樺將頭靠在我的肩膀閉上了眼睛，我們被音樂包圍再包圍，我也閉上了眼睛，此刻世界上只剩下這氛圍，沒有別的東西了。

步出了PUB，凌晨兩點鐘，街道如同心情一樣的乾淨，深深吸了一口氣，身體輕了起來，好像今天的疲勞都不見了，身旁的樺已經醉得睜不開眼，我扶著她走進車內，心想不對，樺醉得都無法走路，我半醉了也沒法開車送她回家，我環顧了一下四周，七期重劃區除了百貨公司、PUB和餐廳，剩下的都是汽車旅館，由於距離很近，我開了五十公尺後就轉進一家旅館，很心虛的付了錢就把樺扶到床上，我將她的外套和靴子脫下，將棉被蓋到她的脖子，心跳聲比什麼都還要大。

我洗完了澡趴到床上將床震起一點波浪，由於酒喝得多已經朦朧得想睡，樺張開眼側躺面對著我，我也側躺著看著她，樺嘴角和眼睛都彎彎的，彎彎的打入我的心坎裡，臉不由自主的發燙，兩頰粉紅和如黑水銀明亮的雙眼，讓我快喘不過氣來，我鼓起勇氣輕輕的觸碰她的手，觸碰著……游移著……從小指頭走到食指再回到小指頭……然後乾脆的握著，我的呼吸開始急促，樺的眼皮開始不自在的眨動，眼珠子不曉得該停在哪裡，就像滾動在雪白發亮的碗裡的黑色珠子，她的呼吸聲也開始急促，指間傳遞過來美好的溫度，我輕輕的搓揉著她細緻且巧奪天工的手指。

「我，該怎麼辦呢？」樺流下了淚，用嗚咽的聲音對我說。

瞬間我的腦海中只剩下黑白兩種顏色，並且就像奶球倒入黑咖啡當中如螺旋般的纏繞捲曲起來，那漩渦越來越巨大形成一股不可思議的引力將我往內吸，不知道從哪裡傳來一股高頻的音量，那造成我輕微的耳鳴，捲曲的兩種顏色想混合卻無法混合在一起，變成了兩條線如麻花繩般緊緊糾結在一起，我聽不到任何聲音，眼前也看不到任何東西，只感覺心口一震，砰！的一聲，那條線斷了，我的雙手幾乎呈現無意識的狀態伸了過去將樺緊緊抱入懷中，有如明天就是世界末日般的緊緊擁抱著，眼前一片白茫茫，一直到恢復了意識才發現，懷裡的樺，眼淚就像潰堤般氾濫成災。

樺的頭髮散發出淡淡的香味，柔軟又纖細的身軀瑟縮在我的懷中，我的右手被樺壓住，她還是沒有停止掉淚，我靜靜的用左手擦去她的淚，就這樣擦乾了，又開始掉淚，我又開始擦，直到我整個手掌都佈滿她的淚水。

「別哭了，再哭，我沒有手可以擦妳的淚了。」

「我無法想像當年我傷你多少，也不知道這些年被我耗去多少心力，對不起。」樺哽咽的說著，十幾年以來我第一次手掌佈滿樺的淚水。

「我懂，沒事了。」我看著她說。

樺用上飄的鳳眼看著我，我注視著她。

凌晨三點半，與樺認識十年後的今晚，那午後陽光，娃娃鞋，紫色星沙，夏日的雨，寄居蟹等等，全部都好像圍繞在我倆的身邊，就像萬花筒一般旋繞著。我和樺的初吻，輕輕的……輕輕的……

進行著。

我們就這樣一直擁抱著到天亮，我一直未闔眼，畢竟終於走到這了，不管未來會如何，我急切的想要把一切都刻進腦海裡，我緊緊擁著她，樺，像隻小綿羊一樣躺在我懷裡，她的髮、她的唇、她的身體溫熱的貼附著我，我一筆一筆的刻劃著這一幕。然後，接下來的事怎麼辦呢？該做些什麼？在這個世界的我就像被放逐到遙遠的另一方，而那遙遠的我已經不知道是否是真實的我，我試著努力想 Kego 說話的表情。

不管怎麼樣，你只要知道你現在正在做些什麼就好。

之五／都是註定的

「毛毛，昨天為什麼不給我電話，你跑去哪玩了？」蓉一坐進車子裡就開始大聲對我唸著。

「沒有啦，就跟Kego喝幾杯，回家就睡死了，手機又開了振動，不好意思啦。」電影裡所有外遇男人都會的藉口，我竟然也想不出更新的了。

「回去台中玩得很高興喔，玩得很瘋喔，家裡也不用整理的，我上班都累得要死了。」

「是是是，小的回去馬上整理。」我摸摸蓉的頭，蓉將我的手撥開瞪著我。

「那明天我要吃義大利麵，要奶油蘑菇的，而且不能用買的，你煮給我吃，放假我要去泡溫泉，我還要新衣服。」蓉嘟著嘴。

「是，遵命。」我只想趕快結束對話。

星期天的夜晚，從金山泡完溫泉然後吃完我煮的奶油蘑菇義大利麵的蓉，滿足的躺在我的肩窩裡。

「毛毛！你看那狐狸有沒有像床上的阿Q。」蓉轉到Discovery頻道，正在播放的是『北極狐』，而床上的阿Q是一隻狐狸玩偶，尖尖的耳朵和鼻子，不成比例的大尾巴，那是我當初在大學時候放在摩托車車廂內的生日驚喜，蓉幫牠取名叫作阿Q，她覺得這名字很聰明，我倒是一直想到泡麵。

「狐狸很聰明，是極有靈性的動物，可是大家都覺得這名字很狡猾，都錯了喔，牠是一隻會思考的動物，雖然是肉食性動物，但牠主食其實是野鼠偶爾也吃漿果，對農民有很大的幫助喔，牠總是靜悄悄的注意四周動靜，從不貪心所以很不容易上當，還會將食物分別埋起來，等到要吃的時候再去取出，先深深思考後再行動喔，非常的聰明。」

「什麼？」我眼神飄在窗外的一點，蓉說完話的瞬間我才收回來。

蓉眼神突然變得溫和。「你最近怎麼了，為什麼總有些心神不寧？」

「沒事，只是工作有些累。」

「太累就不要勉強自己了，記得我給你的綜合維他命要按時吃，像我吃了就很有效果呀，雖然輪班，但精神狀況都還不錯，還有，酒少喝一點，早上就記得喝一杯我買的純蜜，那是改善體質用的，像你這樣過敏的體質很容易疲倦。」蓉又開始習慣性細心的叮嚀。

「我知道了。」我伸手過去環抱著蓉。

蓉把我的手撥開轉過身面對我。「凱，我們這樣的生活，你是不是感到厭煩了？如果是，你真的可以說沒關係，其實當初我並沒有想到會同居，一切都來得這麼突然，雖然我們在一起那麼久，但感覺還並不是很了解彼此，有時候你莫名的冷淡都會讓我感到害怕，也感到孤獨，但並不是你不好喔，你對我很好，只是怎麼說呢，我常會覺得，是不是這樣平凡的生活磨平了我們，你以前不是很喜歡寫文章的，但跟我交往以後卻很少看你動筆，是不是我讓你的靈感都沒了呢？如果是的話請你告訴我好嗎？」

我用嘴唇封住蓉。

「沒事，乖，我沒事的。」

「你愛我嗎？」蓉問。

「我愛妳。」這時候不能猶豫，我想。

夜晚，我們緊緊抱在一起，但心裡卻突然出現樺的臉龐，我又更用力的抱著蓉，像隻小狗般嗅著蓉身上的味道，用那氣味來掩蓋心中不斷波動的湖泊，直到鼻腔內充滿蓉的味道然後深深的睡去。

□

十二月底，寒流一波接著一波，工作依舊忙碌，生活保持平凡，蓉在醫院裡的工作也越來越吃重，嚴重的學姐學妹制讓新人受不了壓力都紛紛離職，院方高層不願意補新人，剩下蓉這種中生代的就非常辛苦，讓蓉以前所散發的活力光芒也越來越暗淡，經常回到家倒頭就睡，有時候一個星期講不到兩句話，連一起看電視的時間都沒有，而我的心中就像是破了一個小洞，不是很明顯但卻不會消失，我不曉得那是什麼，可是心裡的某些東西卻會從那個小洞如沙漏般流去，那流失的空虛感使我緊張。

一個難得晴朗的早晨，我在北二高上往新竹方向前進，重複聽著 Todd Rundgren — It wouldn't have made any difference，手機音樂聲響起，螢幕顯示著『小曼來電』。

「凱。」

「嗨，小曼。」

「呵，我變成小曼了嗎，你在哪呢？」樺在電話那頭笑了。

「我在開車，準備去新竹的工廠，妳呢？」

「我今天也許會去台北搬東西回家，可能以後不住男友那了。」

我沉默，想問些什麼卻也說不出口。

「那。沒事了，你專心開車吧。」樺說。

「我想見妳。」我幾乎是脫口而出，腦海裡一片空白，因為除了這句話，我不曉得要對樺說什麼。

樺從台中坐火車北上到新竹，我下午結束工作後就到新竹火車站接她。樺對新竹的路異常熟悉，沒一會兒，我們到了新竹文化中心，那是個很安靜的地方，外層廣場地板鋪滿了黑亮的鵝卵石，四周有幾座農村景象的雕刻品，我和樺從廣場走了進去，爬上階梯到了外層，外層是用清水混凝土所架起的環形類似支架的建築物，從外層看進去可以看到內層全部都是用紅磚打造而成的舞台和廣場，形成了強烈對比，走進了外層，我們站在廣場中央看著舞台上的旗子隨風擺動，馬路車輛行走的聲音在走進外層後就被擋住而減弱了些，與樺並肩走在紅磚地板上，我的心莫名鬆開了些，冬天下午的陽光讓廣場感覺很溫柔。

「凱，謝謝你那天陪我，我好久好久沒有哭得這麼慘了。」樺撥了一下頸後的髮。

「愛哭鬼小曼。」我笑著說。

「你很討厭。」樺拍打一下我的手臂。

「我覺得好像又回到那年夏夜了，跟妳並肩走在森林公園的那個夜晚。」

我們並肩從左側的階梯走了上去，有一隻三色貓正蜷縮在石椅上睡覺，牠在作什麼夢呢？我心想。

「我也很懷念吶，凱你還記得我有說了什麼嗎？我總是想不起來，不過腦海裡的記憶好像是什麼寄居蟹之類的。」

「妳不記得了嗎，很經典耶。」我故意乾咳兩聲然後再開口，「我就像寄居蟹一樣，只能活在有個純然自我的封閉空間，在小小的世界裡去放逐矛盾的靈魂，我的靈魂可是很性感可愛的喔。」我裝模作樣的將手交叉背後唸出這句話。

「我哪有說性感可愛呀，真是學得一點也不像。」

樺今天的心情就像下午陽光一樣讓人有說不出來的舒暢。我們循著階梯往上走到了演藝廳的廣場，我和樺雙手伏在廣場前方的紅磚矮牆向遠處望去，下方是我們剛走進來的圓形廣場，而遠方有著美麗的香草色天空，從靠近地平線的橘黃色開始逐漸的往上方水藍色天空溶了過去，那完美的色調我想如果梵谷站在這裡會很想拿起畫筆朝天空抹去，而夕陽則是跟樺的眼睛一樣閃爍著金黃色，廣場在高處，風不時呼嘯而過，樺的雙手將外套拉緊。

「你還彈吉他嗎？」樺說。

「有些生疏了，不過吉他也從來沒離開過身邊，偶爾心情不好的時候就會彈著大聲唱歌。」

「好想聽凱彈吉他唱歌吶，我可以先預約幾首歌嗎？」

「當然。」

「第一首一定要Coldplay—Yellow，然後，Oasis—Stop crying your heart out，再來就是Greenday—Wake me up when Septemper ends，然後……我想不到了，就留到下次吧。」樺吐吐舌頭。

「沒有問題。」

「凱，你看過《蝴蝶效應》這部電影嗎？」

「有，回到過去對吧。」我想起了那首Oasis—Stop crying your heart out片尾曲。

「跟你再相遇之後，我常在想，我這樣的人生如果能回到過去做一些小動作去改變，然後再回到現在會更好或是更差呢？例如，要是當時接受你的告白，或是當初就甩你一巴掌，這兩者，會有什麼不同呢？」

「唔，好痛的感覺。」

「是啊。我很狠的喔。」樺笑了。「快說嘛，有什麼不同呢？」

「好或壞很難定義吧，每個動作到了未來都有不同的人生，而且啊，說不定妳回到過去，過去搞不好也長得不一樣，也許妳從來就不認識我也找不到我，而且過去的那個妳也不是妳所熟悉的妳，我覺得，我們在某段時間會做某件事情都是註定的，在時間的河流裡不可能會做其他事，也就是說，那時候妳會拒絕我就是會拒絕我，在星期五下午會去吃拉麵就是會在星期五的下午去吃，不可能會在別的時間地點做不同的事。」

「這……聽起來讓人無力呢，所以我被誤會以及與現在的男友相遇都是註定的嗎？然後，我現在要去台北搬東西以及跟你在新竹碰面都是囉？」

「基本上我想是吧。」我點點頭。

「真的嗎？」樺將眼眸投向天空後又轉回我身上，就像是用眼睛接受些什麼再送給我一樣。「所以，你覺得這世界上有那種再怎麼努力都無法改變的事嗎？」

我又再次點點頭，腦海裡想起了家裡的事情，當然還有其他許多事。

「可是，有很多我想要做的事，也有我不想要做的，難道動機都不足以改變這所謂的註定嗎？」

「我想那是一種安定自己的理由，因為無法改變既成事實，只能用命中註定來形容，因為人生還是得走下去啊，所以，來新竹跟我碰面已經無法改變，所以這是註定，妳能改變的就是接下來發生的事，但是接下來發生的事就算不一樣了，那也是註定，妳懂那種感覺嗎？」

「那……我現在想要跟凱接吻，也是註定嗎？」樺突然轉過身面對我雙手搭在背後，沉默著。

「基本上……我想是吧。」我和她站在這廣場，樹不斷的被微弱的風撥動著傳來窸窣的聲音，跟那天晚上一樣，時間空間似乎都靜止下來，我閉上眼睛雙手搭在樺的肩上輕輕的吻了她。

「凱。」張開眼後的樺向後退了一步。

「怎麼了？」

「我，我們是不是不該再見面了？」樺說。

樺說完以後，我有好一陣子都沒有說話，沒有答案的問題是無法用言語來表達的。我望著她那雙幾乎要把我給吸進去的眼睛，真希望能夠在裡面找到什麼答案，或是永遠躲進去再也不要出來。

□

從新竹北上的車子裡，除了她請我載她到板橋之外，我們之間的語言就只剩下空氣，靜靜重複聽著 The Beatles — Rubber Soul 這張專輯，我一手控制方向盤，一手撐在電動窗旁想著，其實到目前為止，我從來沒有一刻了解過樺，而且，對於她的過去以及她的現在，我總是想要在更自然的情況下知道，或許，我根本覺得那不重要，我想擁抱樺，想親吻她，想把她的全身都看遍，想記得她的香味和閃動的雙眼，還想，再看一次她淋雨的樣子，其他的一切都不重要了。

經過三峽以後，雨水開始飄落下來，擋風玻璃上的雨滴不斷的生長然後再被雨刷拭淨，我從交流道下去往板橋前進，思緒越來越糾結，我不想讓樺走，不想。

我倒吸一口氣。

「小曼，今晚不要走了，好嗎？」

我的話好像掉入深黑的井，樺依然沉默，偶爾抓抓淡藍色的裙襬，或是踢踢腳調整一下坐姿。板橋車站很快就到了，樺在車站廣場前很乾脆的下了車，她說了聲謝謝就關上門離開，我的心一下子就被抽空了，我坐在車內突然全身沒了力氣，我將座椅調斜閉上眼，腦海馬上浮現樺的臉龐、金黃色下午的陽光、被風吹動的樹，那些景象就像是被燒成紅色的鐵，用力的烙在腦子呈現燒焦的顏色，我甩甩頭，用微微顫抖的雙手覆蓋在我的臉上，一切都很美麗卻令人悲傷。

叩！叩！副座的窗被敲了兩下。我按下電動窗的按鈕。

「十一點，我打給你。」我還沒來得及說話，樺就轉身往車站門口快步走去。

我翻開手機，按下蓉的電話。

「今晚工作有點多，明天還必須上工，我不回台北了，住在新竹的飯店。」我快速的解釋這一切。

「飯店的錢，公司會出吧？」

「當然，沒有問題的。」

「那好，我明天上早班，明天回來的時候記得要幫我買晚餐喲。」

「好。」

掛上電話後，天空開始哇哇的哭泣，下著似乎要將所有景色都浸濕的大雨，車子輪胎不時經過水窪而發出刷刷的聲音，到十一點還有兩個小時，我甚至忘了放音樂就這麼一直開著車在台北市區裡繞，腦袋裡是空白的，可是身體卻像是被一股引力拉住。

「一條……兩條……三條。」

捷運站旁的車內，我數著附著在車窗上的雨水，先是慢慢凝聚在一起變著大水滴之後，便一滴一滴向著地心引力快速滑落，我渴望著那心中缺乏的部分慢慢的被凝聚後也像水滴一樣重重的朝樺的方向滑落。

看見樺從捷運站出來後，我衝下車與她相擁在一起，將內心那澎湃的衝動傳到樺溫熱的身體上，樺抬起頭，我發現她的額頭左側有一處明顯紫色的瘀傷，與她白淨的皮膚非常的不搭。

「怎麼了？小曼。」我很心疼的用手撫摸著樺的額頭，像是撫摸著一件受了傷的珍貴藝術品。

「不要問。」樺搖搖頭。

「是不是……」話還沒說完，樺的唇就湊了過來深深的一吻，我將她抱得更緊了。

我們開著車往汐止的山區走，窗外景物隨著高度越來越高慢慢變小，雨仍不停的下，而在半山腰的另一方向就是我的住處，蓉，正在住處裡熟睡著。我內心的某個部分，好像親手蓋好的房子在一夕之間全垮，親自建立起活在這世界的規則被打破，我只知道今晚不這樣做，我可能會發瘋。

□

半山腰有一間叫作「夜」的Motel，是以前我就很想去的地方，由於離家太近了反而讓蓉覺得浪費錢而不願意去住，沒有想到第一次踏入這裡是跟樺。房間的門被打開後，前方映入眼簾的是幾乎兩層樓高的落地窗和寬廣的夜景，每個角落都鋪滿了短毛灰色地毯溫暖著我們的雙腳，右方有半個房間大小用毛玻璃圍起來的浴室，還有可以裝得下三個人以上的大型按摩浴缸，左側則是深紫色的大床和歐洲宮廷式的木造書桌，檯燈輕輕的亮著，前方落地窗外因為山上起了一些霧，朦朧的細雨以及霧氣蓋在底下交錯的路燈上，織成一片金黃色細密的網，樹影不時搖晃著映在玻璃面上。

「好美。」我和樺像小孩子般跑到窗前望著。

「那今晚不睡了。」樺的雙手手掌貼在落地窗說。

我側過頭，檯燈讓樺的左半臉微微發亮，光線在她玲瓏的臉部曲線上游走，我雙手環抱起樺，四片唇緊緊的貼附著，一起跌入像海一樣柔軟的床，我的雙手在樺的背、臉頰、頸部、鎖骨撫著一直往下，當撫摸著鎖骨下方隆起的乳房時，那非常陌生的觸感就像草莓果凍般讓我異常小心的撫著，深怕一用力就碎了，我褪去樺的毛線衣與內衣，她脫掉我的上衣。

樺的花色長裙和我的牛仔褲緊密的貼合在一起，當那微弱的光灑在樺纖細成熟的胴體上時，那極度陌生又極度美麗的畫面讓我感到羞怯了，十幾年來第一次與她這麼貼近，樺裸身面對著我，讓我一時之間不知道該如何面對，我低下身貼住她，感受著彼此的心跳聲此起彼落的響著、感受著彼此高升的體溫燃燒著，我忍不住又朝樺的脖子親吻下去，樺輕輕的從喉嚨深處發出甜蜜的氣音，然而此刻，我卻無法將樺的花色長裙褪下。

我不曉得為什麼，就像面對完美無瑕的聖物自然而然產生的敬畏一樣，我的確高漲著性慾，內心的火焰也燃燒到了極致，我的右手往下撫摸著樺的左大腿外側後又走回到了樺的腰、樺的乳房以及脖頸，那是生命中第一次這樣肆無忌憚的探索樺的身體，任憑原始的衝動帶領著，就像嬰兒第一次看見媽媽的乳房般，不只性慾更充滿了好奇。

可是，這樣並無法使我再向最深處探去，一點辦法都沒有，就像在電腦程式的邏輯迴圈裡寫下了禁止語法一樣，性變成了不合邏輯般被禁止了，就算我瘋狂的渴望著、就算我堅硬的勃起著，還是無法，怎麼試都無法，我好像在褻瀆神明般的感到羞恥，腦海裡並沒有浮現蓉的身影，身體的各種反應也激烈，但我就是抱著樺而停止再繼續下去，而在這僵持下，有如在火山口徘徊的瞬間，樺靈敏的第六感似乎感覺到了什麼，她將我往左側翻了過去，那時間恰到好處，側著身，我們什麼都不說，對於那一瞬間停止的任何事，我只深吻著樺的唇，順著往上輕吻著那紫色的瘀傷。

我們半裸著在厚重柔軟的棉被裡，高升的體溫和黏附緊密的兩個身軀之間滲出了汗水，黏稠的感覺卻不會感到不舒服，我本能的嗅著樺身上的氣味、脖子間、臉頰、髮際間，不知道為什麼會這樣做，總覺得這樣能夠抑制那有如火山爆發般的慾望，每將樺身體的氣味吸入肺部幾次，心裡的慾望就平靜了幾分，這跟嗅著蓉的氣味不太一樣，一個是為了遺忘，一個是為了想起，想起那美麗的一切，下雨的校園、酒後的PUB、安靜的紅磚牆，我想樺應該是適合在那些地方的，所以我應該是在那些地方看著她的。

抱著樺，那慾望漸漸退去之後，我感到精疲力竭便沉沉的睡去，就像用盡力氣拉著自己的衣領不再往前拿走什麼東西一樣的疲憊，在那之後我作了一個類似夢卻又接近真實的夢，夢裡我側身懷抱著樺，當我張開眼往落地窗望去時，那雲霧以大約每秒幾公分的速度漸漸散開，我看到了半山腰那三棟橘色的大廈所構成的社區，異常的清楚，我揉揉眼想再更深入的看過去，那景象又更明亮了。

突然間我看見蓉就站在九樓的陽台往我們這裡注視著，我們並不是四目相接，蓉就是以那種『奇怪，山上那個Motel的招牌「夜」的燈怎麼還亮著』的眼神看著這裡，她那完全不知情的表情讓我感到極度的羞愧，可是這樣的羞愧又讓我更貪戀樺的身體，不曉得過了多久，我閉上眼後再睜開時已經是刺眼的陽光從落地窗照射進來。

「唔，你都沒睡嗎？」樺揉著眼睛。

「有啊，抱著妳很舒服的睡了。」此刻我的左手臂麻麻的，很甜蜜，樺起身穿著內衣以及毛衣，我看著樺如兩條完美曲線構成的腰以及白皙光滑的背部，我忍不住從背後抱住了樺，親吻著那光滑的肌膚，樺的右手往後撫著我的右臉，那動作和畫面就像彼此再也熟悉不過的情侶。

「小曼，妳的傷，怎麼來的？」我問，樺起身站在落地窗前，身影就像是收起翅膀的天使。

「可以不說嗎？我不可以一再讓你心煩了。」樺側背對著我。

「我大概能了解，雖然我沒有什麼資格說這些，但我還是想說，就算是為了自己好，是不是也應該離開他呢？」我擔心的說著。

「不知道，如果事情能夠這麼順利簡單的話，我的人生也不會如此的糟糕了，凱，我們別再說這些了好嗎？我不想破壞這個早晨，這對我來說是很美好的一刻。」樺望著遠方的風景說著。

上午我向公司請了半天假送樺到火車站，這次搬不成也許過幾天會開車上來搬，樺說。她一貫軟弱的眼神突然堅定了起來，此時心裡的我雖然充滿疑問，但是另一方面有更複雜的情緒糾結著，也就沒有再繼續追問。在那汗水、肌膚、慾望燃燒的夜晚之後，似乎有什麼東西微小的改變中，就像在橡木桶裡的紅酒發酵後產生微酸的口感那樣的改變。下午一點，我站在剪票口看著樺走進月台，開門、關門、移動，看著一整列車消失在遠方。我深呼吸一口氣，將雙手塞進外套口袋裡走出車站，陽光灑在臉上，空氣仍然冰涼還帶了點猶豫。

□

嗶嗶……

我翻開手機。

——如果你這一生註定飄流，那我願陪伴著你的感性，如果我們都註定安穩，那麼感性就是毒藥，令人沉醉的劇毒，記憶，是金黃色的很美，I miss you。小曼

我獨自踱步在車站附近的小巷子裡，手裡拿著手機反覆讀著簡訊，感覺突然敏銳了起來，那是官能的感覺，右手邊一整排是學校的圍牆，我聽到清楚的哨子聲和球碰撞的聲音，大概是下午的體育課吧，老師說著，跑快一點，球要拿穩啊，學生們的聲音嘩啦嘩啦的，陽光斜四十五度從圍牆上的鐵絲網打出一排影子附著在柏油

路上，我甚至連柏油路上的小石子都看得清清楚楚，風拂過我的臉頰刷的一聲，以及就像拿冰的毛刷輕碰臉頰的觸感都非常明確，這一切讓我的眼睛發疼以及暈眩，一直到現在我都還記得那些聲音以及走在那巷子裡的下午，『夜』、慾望、滲出汗水的肌膚、金黃色的記憶、背部曲線、簡訊的振動聲……等，那些觸感以及畫面誘發我的官能感像蒸氣管破裂般爆發了出來。

就在那通簡訊之後，就在樺坐上火車離去後，我幾乎是搖晃著身體跌進車子裡，我閉上眼，腦海的影像就像紙被剪碎了漫天飛舞在空中，接著慢慢的全部掉落在我的身上，我仍然感覺到樺的體溫包圍著我，那就像游泳之後回家睡覺時仍感覺身體在漂浮一樣，現實的情景和昨晚強大的美好在拔河，我把音響打開，轉到 Suede 樂團的 Everything will flow，前奏一開始，那條緊繃中的麻繩砰的一聲斷開，我的淚就像深幽的山洞裡的泉水靜默的激烈的湧出，不停的滑落臉龐然後滴在衣領表面，心就像針刺一般酸痛，我搓揉胸口，呼吸紊亂，我往前趴在方向盤上掉不知所以然的淚，靜靜聽著 Suede 唱歌。

The stars that shine in the open sky will say Everything will flow
The lovers kissed with an openness will say Everything will flow……

星期五的晚上，樺寄給我一封 email。

Dear 凱：

那年，我無法想像我傷你多少然後轉身放開你的手，在那之後，你認識你女友，有了你所努力得來的幸福，我們再相遇的時間點，卻是我在人生感到低潮、困惑、不安的時刻，曾經，我們相遇得太早，現在呢？是否又是個不該呢？是我的不快樂，影響了你嗎？其實聽著你敘述你女友的事情，我能感受到她所能帶給你的安穩，那真的是我所不能及的，我雖然能理性的看清我所該走的路，卻常常只能無力任自己陷入漩渦中掙扎，偷偷地貪戀著遺失的昨日，也無力拉回今日已經岔開兩條路的我們，也許，我是小小的自悲著，我真的無法如同你女友般優秀，所以，我害怕許多，害怕我的不穩定我所不及她的，更害怕突然哪一天，你對我說，你後悔選擇了我。其實再和你相遇時，我不想說我男友的事，是因為我當時已很困惑，不想讓你發現我的不安而影響了你，你的幸福是你所追求而來的，所以，我說什麼也不能看你輕易放棄，至少不要是為了我，而我呢，就交給時間吧。別再太擔心我了，我會找到一條我自己的路，我可是一瞬間決定改變的行動派呢！有人說：缺憾的人生才是完美的人生，有過那麼曾經，至少是值得的，至少是快樂的，原諒我所要幫你做的抉擇，傷害了我們兩個，是不是比四個人一起承擔要好呢？或許，往後我們會在哪個地方再次相遇，也是註定的，只是現在註定要分開吧。對於我們之間的愛情，短暫的小小幸福，塵封它，一直到老，有一天突然想起時，還能回味，我想就已足夠了，不是嗎？你要過得很好喔，答應我。

小曼＆樺 2006．1

那天晚上，高速公路靠近基隆路段發生嚴重的連環車禍，蓉工作的醫院一下子湧入了許多傷患，醫院上層隨即下達命令所有人必須 on call，蓉必須要留守到晚上十一點，我坐在沙發上看著 Notebook 裡的信，一邊等蓉，蓉回來後，我把電腦蓋住放到書桌，並且把冷掉的義大利麵重新加熱，撒了一點起司粉，然後倒了玻璃杯的烏龍茶一起拿給蓉，我靜靜的坐在沙發看著她吃。

「毛毛，你知道嗎，這車禍超誇張的，連續十三台車撞在一起呢，好多傷患都湧進來了，要不是我跟學姐很好，不然我可要忙到天亮了，真是累死人。」

我不發一語看著蓉吃麵的嘴唇，蓉的嘴唇是屬於豐潤型的，我很喜歡跟蓉接吻，那是能夠感覺到慾望的吻，而樺呢，她的吻卻是能觸動心弦的。

「還有喔，傷者裡頭竟然有人到醫院相認了起來，一台是夾在中間的車，一台是倒數第二台車，結果一相認，其中一個四十出頭的女人就大哭大鬧，原來啊，夾在中間的那台車坐著一男一女，年輕女是那個男人的情婦，而倒數第二台車坐的是那男人的元配，那元配和男人就在醫院拳腳相向喔，搞得我們要幫她處理傷口又要安撫她，真誇張啊，男人啊，唉。」

「嗯。」我說。其實跟沒說話一樣。

蓉看了我一眼，又繼續說：「哼，還有另一個討人厭的學姐，仗著自己跟主任很要好就欺負人，發生這麼重大的事情，竟然可以安然的在五點下班耶，本來她要備的麻醉器具也讓我備了，而且還在我面前低聲下氣的求我備，結果沒想到她五點之前就下班了，真的是很過分，根本是衝著我來的嘛。」蓉把她離子燙後的直髮綁成馬尾，白嫩如雞蛋形狀的臉龐露了出來，我很喜歡蓉圓潤的臉龐，總讓人感覺舒服，而樺呢，她的臉龐笑起來的時候是會讓人醉的。

「你在想什麼？」蓉問。我的眼神仍望著她，但焦點卻不曉得在哪。

「沒事，妳有吃飽嗎？」

蓉的眼神下沉，就好像黑夜中被拋入無聲大海裡的鐵一樣。她站起來往房間走進去，我把手掌覆蓋在臉上深呼吸幾口氣，我到底在幹嘛啊我心想。蓉走出來的時候拿著一張折疊成四等份類似帳單的紙，然後雙手將紙很鄭重的放在桌上，那張紙好像有重量似的，我往紙的內容看去，的確是信用卡帳單，上面很明顯列了一條款項：台中市　宜總汽車旅館。結帳時間 12/28 02:35。結帳金額：1680 元。

我的背脊從底部冰到了脖頸，一句話也說不出口。

「這家旅館我知道，是在台中七期那附近的吧，我們之前還常一起經過那邊。」

蓉把杯盤收到洗碗槽裡打開水龍頭，空氣瞬間凝固，水嘩嘩的不斷擊潰了我，蓉洗杯盤的時間有如永遠這麼久。

之六／跨越了界線

碗洗好後，蓉走回我身邊坐下來，沙發凹陷，我仍然注視著那張紙，但焦距模糊了，眼前的每樣東西都像被水渲染般擴散開來。

「你在外面是不是有女人了？」蓉問。

我點點頭。但頭到底有沒有動我自己都不能確定，體內好像只剩下空氣沒有任何器官。

「是我所知道的範圍裡，還是範圍外的女人。」

「範圍裡的。」

「是她嗎？樺？」

我點點頭。

空氣不再流動，時間變得緩慢，牆上白色時鐘裡的秒針聲清楚的敲著，我感受不到時間這個東西，好像氣流突然下沉的時候，蓉開口了。

「凱。」蓉的聲音變厚，我能感覺到哽咽。「你們糾葛得這麼久，十幾年了還不夠嗎，不夠嗎？」蓉的聲音漸層式的放大，眼眶已經紅了。

「蓉。」我輕輕握住她的手。「我一直都很喜歡妳，跟妳在一起也很快樂，只是有很多事情我很困惑。」

「不要碰我，髒！」蓉把我的手撥打開。「原來，我們努力了這麼久，還是無法讓你忘記她，她真的有那麼好嗎？到底哪裡好呢……好到讓你這樣對待我……你怎麼可以這樣對待我……那我，我到底算什麼……我到底算什麼東西……」蓉的眼淚快速的冒了出來，她將雙手摀住臉激烈的哭泣。

我伸出雙手抱住蓉，想說的話卻怎麼也無法說出口了。

「我知道，你忘不了她，可是你有沒有想想我……有沒有啊……」蓉的聲音像是用力嘶喊過後的沙啞，眼淚就像河水暴漲一樣無法停止，淚水沾濕了我的外衣，她的雙手握拳不停的搥打我的胸口，我的心疼痛起來。

「你防我防得夠多了吧……夠了吧……」蓉像斷了線似的大哭，她的呼吸越來越不順暢，我能感覺到有什麼東西卡在她的氣管讓她更用力的喘息卻無法吸入空氣，胸腔開始發出咻咻的聲音，我趕緊把蓉扶著躺平在沙發上，拿了個枕頭給她靠著並且倒了杯溫水過來。

「還好吧？」我拍拍她的胸口。

蓉無法喝水，她咳嗽、喘氣後又開始更劇烈的咳嗽和喘氣，呼吸越來越急促，就像快要吸不到空氣般。
「我……我喘不過氣……」蓉虛弱的說著，但是雙手緊抓著我的衣領。
「別嚇我啊，妳還好吧。」我一直輕拍著蓉的胸口
「心臟……跳得好大力……好痛……呼……呼。」蓉緊抓著我的衣服，手心在我的衣服上留下了汗水，不斷的皺著眉頭，額頭上也不斷的冒出豆粒般的汗珠，蓉的呼吸怎麼都無法順暢，當下，我覺得不對勁，我抱著蓉往地下停車場衝，然後開往蓉上班的大醫院掛急診，十五分鐘的路程裡，她的呼吸很破碎，有時候停止有時候激烈，我很害怕蓉就這麼在副座上死去，當我把蓉放到護士們抬出的移動病床上並且看著那病床被推進急診間後，我坐在門口的椅子上無力的呆滯著，那一刻，從內心黑暗深處浮現了無比的罪惡感，我到底在幹嘛，到底在做什麼，心中一直不斷的呼喊著。
大約半個小時後，一名護士拍拍我的肩膀。「請問你是蓉的家屬嗎？」
我連忙站了起來，「我是她男友，她好一點了嗎？」
那護士身材瘦高，有一頭很俐落的短髮，瀏海非常乾脆的蓋著額頭右半邊，細框眼鏡後面有一雙銳利的眼神讓人不自覺伸直背脊，挺直的鼻梁以及薄薄的嘴唇，皮膚白得令人有股難以靠近的冰涼，當作女生的話有點太過於銳利，我想如果是男

生的話會是個很帥氣的臉龐，而似乎聽到我是她男友這句話後眼神就更尖銳了。

「跟我來。」

她冷冷的說，並且把我領往電梯方向，我們並肩走進冷冰冰的電梯，她的眼神和電梯讓我不由自主的發抖。

「我是蓉的學姐，雖然是同事但我們像姐妹一般，你就是凱吧？」她轉過頭看著我從頭到腳打量了一下，我點點頭。

「嗯，我大蓉兩歲，你跟蓉是同年吧，那你叫我秀姐就可以了，蓉她什麼事情都會跟我說，是個很乖巧的女孩，我知道男女之間的事外人是無法了解而且也插不上手的，但是，我希望你能夠誠實，有什麼事就說，別再瞞著她，不然這樣會很傷她的身體。」她依舊保持冰冷的態度，我想蓉應該跟眼前這個女人有很緊密的連結，我怎麼都沒聽過，還是我根本沒有注意在聽。

「很傷她的身體？蓉她的身體怎麼了？」我擔心的問，電梯到了三樓噹的一聲。

「你等一下應該就會知道了。」秀姐說了一句令人害怕的話。

我從電梯口走出來後就一直被這句話纏繞著，當她領我走到心臟科的聽診室前，我更是背部都涼了起來，那掛在牆上『心臟外科』的招牌沉沉打入我的眼底裡。

打開門後，我看見一名約莫五十歲有些白髮掛在耳際兩側的醫生正微笑著跟蓉聊天，沉重的氣氛舒緩了一些，我在一旁的椅子上坐了下來，秀姐站在醫生旁邊，蓉沒有轉頭看我，就好像完全不知道有人進來似的。

「古醫師，這個症狀，請問我是不是心瓣膜脫垂？」蓉眼睛瞪得大大的，臉色似乎回復了許多。

「嗯，妳很有概念，標準來說是三尖瓣膜脫垂，通常在三十歲前發作，那都還不算嚴重，可以用藥物來做控制，如果過了三十歲，情況就會比較麻煩了，今天有點晚了，沒辦法做超音波檢查，明後天找個時間再來一趟做個檢查比較好。」醫生說。

「嗯。」蓉若有所思的點點頭。

「好好照顧她耶，蓉在我們醫院是大紅人喔。」醫生側著身往我這邊笑著，我勉強擠出僵硬的笑容回應。

「這幾天，最好不要讓她有太大的情緒起伏，雖然這個不是致命性的疾病，但這個喘起來也是很痛苦的，也不能做太激烈的運動，只要有關會讓她喘氣的，盡量都要避免，今天幫妳打個鎮定劑，然後開個藥給妳先吃兩個禮拜，記得要回來檢查。」醫生振筆說著。蓉此時回頭瞪了我一眼，那眼神不是冷漠也沒有恨意，實在的來說還帶有點邪惡的可愛，像是在告訴我『凱，你要好好照顧我喔，不能讓我喘氣喲』的那種淘氣眼神，我有點疑惑的看著她，畢竟前一秒我還是如此的憎惡自己把事情搞得一場糊塗，而蓉的眼神卻彷彿又好像完全沒發生什麼事般的平靜，我感到有點混亂，依蓉的個性，也許她心底已經有做了什麼決定，才會有如此平靜的眼神。

蓉跟醫生道了謝之後，秀姐跟蓉走在我的前頭，兩個人交頭接耳一番不曉得說了些什麼，到了停車場，秀姐轉頭走了過來在我耳邊小聲的說了一句：「Be a Man.」然後拍拍我的肩膀就目送著我們離開。回家的路上，蓉的手指不斷敲打著車窗，嘴裡哼著歌曲——

『外面的世界很精彩　我出去會變得可愛
外面的機會來得很快　我一定找到自己的存在
一離開頭也不轉不回來　我離開永遠都不再回來……』

「這是誰的歌？」我問。

「電影《如果．愛》裡頭的歌，片子一直放在電視櫃上，只是你沒注意吧，那是我最愛的電影。」蓉眼神仍望著窗外沒有朝向我這邊。

「嗯。」我沉默。

哼了一陣子，蓉又開口：「凱，還記得大學的時候我們一起看完的那本書嗎？」

我有點吃驚，好久沒有聽她這麼叫我了，一時之間還不太能適應，那跟樺已經習慣這麼叫我不一樣。

「嗯，是《槲寄生》嗎？」車內沒有放音樂，車外的風聲刷過形成巨大的穹音。

「你還記得裡面的兩個女主角的名字嗎？兩個完全不同個性的女主角。」

「明菁和荃。」

「那你還記得那個時候我問你的問題嗎？」

「記得，妳問我，妳是我的明菁還是荃，我說，妳是明菁和荃的綜合體。」

「那，你可以把為什麼是綜合體的原因告訴我嗎？好像沒有聽你說過。」

「我想，因為妳有明菁的聰明以及熱情善於照顧人的個性，也有荃能夠輕易細膩的探視我內心在想什麼的能力吧，那種不用多說話就能表達一切的感覺，所以叫我從兩個之中選一個代表妳，實在很難，所以也許這個就是原因吧。」我糊裡糊塗講了一堆，但是這件事我還能記得住，連我自己都感到訝異，我以為與蓉這些年的記憶，好像都在平淡中靜靜的過去了，就像靜靜流向大海的長河。車子到了家門口準備往地下停車場開去，此時，蓉提議再往山上開，她想要去大尖山上看個夜景走一走，搬來這邊一年多了，還沒有跟蓉上去看過夜景呢，我邊想著邊努力爬著那陡峭的坡道。

爬了一陣子，經過「夜」Motel再往上開，我感到渾身一股戰慄，身體很不自在，雖然在身旁的蓉完全不知道，但我還是不自覺的害怕著，不曉得腦海裡釋放了些什麼讓我隱隱約約聞到了樺的花香味，讓我更用力踩下油門往上爬，也不敢瞥向正在望著窗外的蓉。就在上坡的終點有一個左轉彎，開始有了路燈，左面是一個大約兩層樓高用水泥構築起來的平台，平台上中央是一間類似三合院建築的廟，拱門上掛著一塊「天秀宮」的匾額，左側有一間名叫作「星光」的Coffee Shop，兩對情侶正坐在石階上說笑著，石階旁架著一個喇叭正放著George Benson — Nothing's gonna change my love for you，蓉點了一杯熱花茶，我則點了熱咖啡，蓉今天身上穿著奶油色的毛外套，裡面是一件桃紅色的毛衣，以及時常穿的灰色厚棉質運動褲、粉色的圓頭平底鞋，乾淨的臉龐和穿著就像一隻白毛的波斯貓，讓人會忍不住想去撫摸著她的頸子。

「我想不是喔，凱，我想，我只是你的明菁，我怎麼做都無法直達你的內心深處喔，雖然我可以用我身上的熱度來溫暖你，不過還是只能遠遠的喔，我有想試著接近你，雖然我們這麼靠近，但還是有很多話無法傳到你的心中，也許這也是我們越來越疏遠的原因吧。」蓉喝了一口茶，我沉默的看著桌上的咖啡杯。

「這些年，看著你畢業、當兵到現在進入了社會，我一直都很有感觸吶，因為凱是一個很特別的人，非常有韌性的人喔，你隨著時間一直在改變著自己去適應環境，每個地方再怎麼苦再怎麼不堪，你都適應得很好喔，這是我所不能及的地方，也是我欣賞你的地方。」蓉用很平靜的語氣娓娓道來。

蓉講了這些，讓我的胸腔內有股熱氣要衝出來的感覺，眼眶也被那熱氣熏得有些燙燙的，雖然想要脫口而出什麼話卻也找不到適當的詞句，只能繼續沉默望著底下夜景。

「你不在台北的日子，我常常獨自一個人在房間裡想，想了很多，其實我早就知道有變化了，我們天天在一起睡覺，你有很多習慣性的小動作讓我感覺到你變了，這很容易的，所以後來我看到帳單，也只是『喔，真的跟我想的一樣』這種感覺而已，我以為我可以控制得住，但是在你點頭的那瞬間，我還是崩潰了。」蓉說到這兒，深深的吸了一口氣，再緩緩的吐出來，我也跟她一樣的動作後，繼續保持著沉默，好像這是我唯一能做的事情。

「我想，我知道你忘不了她，從剛開始跟你在一起的時候就知道了喔，畢竟，她是你第一個深深喜歡著的女孩吶，我也有那個讓我第一次就深深喜歡的男孩呢，不過不同的是，我知道我跟他不可能了，一個深深的連續的傷害過我的男孩，我早就將他放逐到青康藏高原去了，而因為剛開始在一起的時候，我心裡也是產生了一些疑惑、也有著不確定的因素，所以我總是保持冷靜和平淡，我不會撒嬌、不會說我愛你、我想你之類很親密的話，是因為我無法承受太劇烈波動的愛情，我知道你浪漫、感性、孩子氣，但在感情裡，只有這些東西是無法讓我走下去的喔，我是個沒有建構好前方道路就無法走下去的人，我必須要有很實質很實際具有形體的東西才有辦法。

「就像與家人相處的平衡、經濟上的獨立這類的東西，不然我會亂掉喔，所以你總是覺得我太冷靜、不夠浪漫也不會像個小女人般依靠在你懷裡，我是真的不太懂這些東西喔，不是故意的，我也很努力的在學了，雖然有時候也會很累，也想過就這樣一走了之，可是總覺得可惜吶，我們也交往了三年多，磨合過一陣子了，說什麼我也不想隨便放棄，當然，我不知道你的想法，但我的確不想這樣就放掉。」

蓉的語調漸漸的高亢起來並轉過頭來注視著我，當下我應該是要說點什麼的，但是對樺的貪戀，再加上今晚面對這樣虛弱以及誠實坦白的蓉，讓我怎麼樣也說不出口。

我使了好大的力氣才開口說話。「對不起。」

「凱，我不要聽對不起，我只想問你。」蓉把雙手輕輕放在桌上，眼神很平穩。

「對於目前的狀況而言，你想分手嗎？」

我沒有說話。

蓉喝了一口茶後轉頭看看身後的夜景又轉回來看著我。

「我可以給你時間想清楚，這段時間裡我不再干涉你的私人生活，但我希望你真的是發自內心的想清楚，畢竟我是站在不想分手的立場問你的。」

蓉站了起來往平台邊緣走過去然後像貓一般的輕坐在石階上望著遠方夜景，今晚沒有風，有人發動車子準備離開，服務生走出來整理了一下桌面，收掉了兩組桌椅，蓉仍然背對著我，花茶和咖啡沒有間斷的冒著霧，音箱傳出的音樂換到了Coldplay — The Scientist。

Nobody said it was easy
It's such a shame for us to part
Nobody sadi it was easy
No one ever said it would be this hard……

我起身走向蓉，站在她的背後，好像有一堵叫作沉默的牆隔絕我們，我的嘴巴內像是塞滿了什麼東西般卡住而感到喉頭疼痛。

「我真聽不懂搖滾樂，到底是什麼樣的感受呢？凱，你知道嗎，我最喜歡巴哈的G弦之歌，每每心情不好的時候，我都會拿唱片出來聽，在大地震後的那些日子，我唯一救出來的東西除了錢和重要證件外，就是巴哈的唱片了，我望著傾斜大約三十度的樓房，我家就是在四樓呢，那是個很心碎的畫面，我什麼都無法做，唯一能做的事就是把唱片放進隨身聽裡聽著這首G弦之歌，陪我度過那很悲傷的時期。」蓉望著遠方淡淡的說著，語氣就像是漂蕩在水面上的浮萍。

我的手伸了過去搭在蓉的肩膀上，蓉的肩膀震動了一下隨即伸手將我的手撥打開，撥開後她的手背停在耳朵的高度對我的動作下了禁止命令。

「拜託！今晚別碰我，就今晚，拜託不要碰！」蓉的聲音很冷、很尖銳，我甚至能感覺到耳膜在刺痛。

「還有一件事情我必須要跟你說。」蓉將眼神轉到我這。「雖然不是很重要的事，但是跟你也有一點關係，所以我想你還是要知道的好。我的經期沒有來，大概超過三週，我想你應該知道我的經期每次都很準時，昨天買了驗孕棒，兩條線，我想，沒有意外的話應該是懷孕了。」

蓉的眼神突然變得完全沒有深度，平平的、淡淡的，就好像受傷擱淺在沙灘上的海豚。

我站在蓉的身後呆若木雞，雙手插在外套的口袋裡，從來不出手汗的我卻感覺到掌心濕濕涼涼的，什麼話都說不出口，眼睛望著蓉到發瘆的程度，腦袋裡不斷的盤算，我才出社會不到兩年，以我現在的薪水是不可能負擔得起小孩的養育費，我們必須要先結婚，結婚又是一筆龐大的費用，結婚又是兩家人的事，我們彼此的家人合不合呢？經濟上會不會有差別？想到結婚，我又想起那天晚上父親毆打母親的畫面，還有在角落哭泣的我，想到這，頭不知不覺的疼痛起來。

「我想，你應該跟我想的一樣，養小孩的費用依我們現在的狀況是不太可能，懷孕我也不可能待在現在這個單位，畢竟一直吸麻藥的場所對小孩不好，離職的話又枉費這難得的工作，再加上……」蓉停頓後接著說：「再加上，現在又發生樺這件事，我也不想小孩有一個心還沒定下來的父親，如果生下來了，你和她還有瓜葛，那情況會更差，所以我想還是得拿掉，以免夜長夢多，懷孕時間大概只有一兩個星期，吃藥應該就可以解決，不需要動到手術，我也認識很好很有名的醫生，身體方面應該不用擔心。」蓉的語氣淡淡的，就像精明能幹的護士在手術室前跟家屬宣告什麼不祥的事情一樣。

「真的要這樣嗎？」我問，很心虛很無力的。

「不然你的想法呢？畢竟你也有一半的決定權。」

「我……我不知道，但我想，生下來也無妨，也許我也離職，我們一起回台中去，待在家裡花費較少。」

蓉用沒有溫度的眼神看了我一眼。「算了吧，就這樣，拿掉吧。」蓉乾脆的決定讓我更說不出話來。

蓉站了起來。「或許，我們跟這孩子沒有緣分。」蓉說完就往車子的方向走去，我用雙手捂住臉深深的吸了一口氣，從指縫間穿進來蓉的背影，我思考著緣分，思考著那條看不見的線，又想起了樺想起過去然後是現在，蓉的背影和她說的話，線錯綜複雜的糾結在一起，這就是緣分嗎？我什麼也不能了解。

□

過了兩天，一個難得晴朗的天氣我請假陪蓉去診所，踏進診所後，我看見有懷孕的媽媽，有看起來年紀似乎小到令人詫異的年輕情侶交頭接耳著，也有中年婦女面無表情的看著我們，掛了號的我們一句話也不說，蓉的表情讓我無法猜透，診所候診室雖然乾淨明亮，但我卻像是跌入深不見底的黑洞一般恍惚，問診的時間很短，不到五分鐘，大致上就有如蓉所算的日期，醫生說大概兩個星期還是個胚胎體，而且現在就要決定，不然胚胎體成長到一定的程度再處理會比較傷身體，蓉點點頭示意，我牽著她的手走到櫃檯付了錢，手中拿到了那顆白色圓形類似再也平常不過的感冒藥，我楞楞的看著，但是視線卻無法集中，就好像看著手掌附近的一點發呆著，蓉伸手將藥從我手中拿走放進包包裡，然後勾著我的手去附近吃飯，我點了一客豬排套餐和咖啡卻完全沒有食慾，蓉喝了一碗不知道是什麼湯，面無表情的喝完，我把只有苦澀的咖啡一口氣喝完後就開車回家。

回家路上的陽光就像在問刑室裡強迫二十四小時照在嫌疑犯臉上的鹵素燈一樣讓人有窒息般的難過。

胚胎體離開蓉的子宮那天，她在醫院的廁所裡傳了簡訊給我。

——我在廁所裡看著那血色圓圓的東西被沖進馬桶，心中百感交集，突然不曉得我這麼做是對還是錯，我蹲在裡面哭了一陣子，腹部還隱隱作疼，真沒辦法想像，我竟然也會有這一天。

看完簡訊後，一陣胃酸湧上喉嚨，我衝到廁所跪在馬桶邊吐，但卻吐不出什麼東西。我的心情壞透了，身體感覺也很差勁，但也沒有足夠的決心讓她不受到這樣的傷害，我心疼蓉卻又不知道該做些什麼，甚至在這時候想起樺，還有想要逃離這一切的念頭，我閉上眼讓自己專心，讓理性冷卻自己，我打開了電腦上網找許多能夠降低小產後身體傷害的食療方法，然後開車到附近的大賣場，推著推車四處走動，買了紫米山藥還有麻油以及一些牛肉，又買了四物飲品還有一些人蔘飲品，幾乎能買的都買，不過罪惡感就像是從架子上拿到推車裡一樣越累積越多，所有的思緒都混亂的纏繞在一起，心跳似乎撞擊著肋骨也不斷的疼痛。

回到家，我加入一些人蔘煮好了紫米山藥粥後就坐在床上翻著書等蓉，不過晚上蓉並沒有回家，傳簡訊以及打電話都不通，我緊張的開車到醫院去找她，在醫院大廳裡坐了好一陣子，還是沒有看見蓉的身影，只好作罷回家，回家的路上撥了通電話給樺，響了三聲以後我就按下掛斷按鈕，我心裡還是渴望與樺見面，可是卻不曉得該說些什麼，說什麼都不對吧我想。車子停進地下停車場以後，我坐電梯上九樓，當電梯門打開的時候，我看見一個熟悉的女人坐在門口的樓梯間，整齊的短髮、銳利的雙眼，穿著跟蓉類似的灰色運動長褲，藍色毛衣，腳邊放著一個LV的肩包，也是很精簡俐落的款式，絲毫看不出任何華麗的成分。

「秀姐！？」我眼睛充滿了疑惑。

「有時間嗎，我想跟你聊聊。」秀姐用手指推了一下她的細框眼鏡。

「嗯，那進來坐坐吧。」我準備打開鐵門。

「不了，你這傢伙還真不懂得避嫌，附近不是有河堤，去那邊好了。」

秀姐語氣簡單平穩。

從大尖山流下的小溪，經過了幾個築在山坡地上的社區後再往下與基隆河會合，從河堤往基隆河方向走去，左半邊還尚未有大樓社區只有個活動中心和籃球場，還有幾畝菜田，籃球場的燈已關了，籃球架旁有兩個單槓，蓉經常在那邊看我拉單槓，退伍前八下現在拉不到四下，蓉常笑我總有一天變成禿頭老胖子，而右半邊已經蓋滿一排房子，有幾對老夫婦牽著手散步，我們走在左半邊的河堤上，整條路沒有半個人，只有溪流刷刷的發出聲響。

「秀姐，妳應該知道蓉在哪吧？」我等不及想問。

「她很好，在我的宿舍裡安穩的睡了，你不用擔心。」秀姐說。

我點點頭。

「你跟蓉怎麼認識的呢？」

「大學的時候，我是學會活動長，為了要幫學弟們辦迎新活動所以找護理學院的女孩們一起合辦，那個時候，她是器材組的組長，所以我們經常一起開會，久而久之就熟了。」

「喔，我也是那所學校的學生，也算是蓉的學姐，不過大了好幾屆倒是，我那個時候都沒參加過什麼迎新活動、聯誼之類的，一群人嘻嘻哈哈的對我來說真是不太習慣，你抽菸嗎？」秀姐從包包拿出紅色萬寶路菸盒和柴油打火機。

「沒有抽，謝謝。」我說。

她乾脆的點上火吐了一口，秀姐側臉非常立體，偶爾望著她就好像望著喜馬拉雅山的那種屹立不搖的氣勢，煙霧就好像縈繞在山頭的薄雲。

「你覺得，兩個人在一起，最重要的是什麼？」

「應該有很多重要的。」

「說個最重要的吧。」

「交心。不用多說話，就能夠知道對方下一步在想些什麼，下一步要做些什麼、需要什麼，用眼神和感覺就可以交流。」

「嗯。」秀姐沉思了一下。「那你跟蓉有交心嗎？」

「我不知道。」

「很差勁喔。」秀姐將口中的煙往天空吐得高高的。「男人在該說什麼的時候都會說我不知道，這一點真的很差勁喔，到底是真的不知道還是只是藉口呢，如果是真的不知道，那為什麼你們總是對任何事情都不知道不清楚呢，所以，只是你們根本就不想去了解的藉口罷了。」

我楞住了，眼睛微微瞪大了些看著秀姐依然聳立著的側臉。

「我清楚得很喔。關於你們之間的事蓉都有跟我說，雖然我一聽就知道你們發生了什麼事，很簡單的喔，但蓉總是語帶保留，可以感覺得出來她在保護你，她說你是一時迷惑了，因為你有感性的那一面，她知道那一面被誘發出來的時候，人會控制不了自己，所以你踏了出去，就像飛蛾撲火一樣。」秀姐將菸弄熄，又抽出一根點上火。

「明知道前方就是炙熱的火焰，但還是不顧一切的往前衝，雖然我不知道飛蛾的感受，而且，其實我也能夠就這樣一直走下去，平淡的，靜靜的跟蓉一直到老，但是，總想要再次感受那種美麗時刻，我總會克制不住自己而撲向火焰，就好像生命中有這麼一件事情不得不去做一樣。」我說。

「你說的是類似刺鳥吧。」

「我想是吧，不過那有點悽慘。」

「人生有很多事情比刺鳥還悽慘，程度看法的不同罷了。」

「嗯，是啊。」我點點頭。

我們走到了河堤終點靠近馬路的地方後又轉折回頭，前方出現了一個慢跑的中年男子從我們旁邊擦身而過，聽到了氣喘吁吁的聲音。

「但，對我來說，或者是對我這個世界的人來說，都是屁話喔，就像難聞的屁味一樣噁心。」秀姐向後坐到石塊上，我也撐坐上去。

「什麼再次感受那種美麗時刻，那只是控制不了自己的人找來的藉口，幸福才不是你們所想的那樣，那是要經過層層理性控制下所得到的結果，你的慾望你的劣性都是要被控制的，在我的眼中，你和樺都是控制不了自己，然後在失控的情況下又傷害了別人，將事情搞得一團糟，你知道在醫院工作要是這種醫療人員很多，那人真的死不完，生命都是在一瞬間就消逝的喔。」秀姐講的話跟她的眼神一樣銳利。「你知道嗎，天使和魔鬼不一定就是天堂和地獄的差別，他們可能中間只隔著一道矮牆，或許，他們還面對著面連手都握得到呢。在你放縱的跟樺徜徉在類似天堂的地方時，你的靈魂也許是一點一滴的在天使和魔鬼握手之間被交易出去，要知道，靈魂不是一次就墮落了，而是在無數次放縱時被慢慢耗盡的，但我想你並不覺得那是墮落，對吧？

「我不希望你對蓉什麼都說不出口，雖然她發生了這些事情，但她心中還是很愛你很擔心你，她說，你總是獨來獨往，表面上雖然能言善道有許多朋友，但真正交心的沒有幾個，你缺乏很多很多的愛，她也知道其實你也很掙扎很難過，蓉她一直都是知道的，我很少見過這樣好又堅強的女孩，所以我喜歡蓉並且把她當作自己的親人一般，我跟她很坦白，所以我也希望你對她能坦白，不論在任何情況下。」

秀姐將雙手交叉在幾乎沒有隆起的胸前，細框眼鏡後面的眼神像是要衝出眼鏡一般，讓人不敢講謊話的眼神，秀姐所說的一字一句都非常清楚的進入我的腦袋裡，語氣像是冷冽的北風吹得我眼睛發疼而且難過。

「樺寫封信給我，並且做了想要離開的選擇，其實樺是不想介入的，其實她是不想當破壞者也不想讓我如此掙扎，而蓉也是這樣的擔心我，但我到底能夠做些什麼呢，我喜歡那個如此單純喜歡著樺的自我，但是那個自我在蓉的面前又是如此的醜惡，我不再是我了，我現在也漸漸不知道什麼才是真實，就在不明白一切事物的同時，我就做出傷害對方的事了，除了憎惡自己和維持現況之外，我不曉得該如何做，我也根本找不到原諒自己的理由。」

說完後，坐在矮牆上的我，心跳就像海浪般洶湧，秀姐若有所思的點點頭，時間像是靜止一般。

「跟你說個界線的觀念。」秀姐將臉轉了過來，眼神像堅實高大的鉛門。「我在精神科工作的時候曾經當過心理諮詢師，所以被強迫要看很多有關於心理諮詢的書籍，而關於界線，也是書裡探討的課題，書裡寫人不管做任何事情都有一條隱形的界線，看不見，但是界線一直存在著，你也會知道那條界線在哪裡，一旦跨越了界線，事情就會產生某種程度的變化。

「但問題是，我們通常都會忽略界線的存在，知道但是卻忽略，就像完全忽略掉美國的能力而偷襲珍珠港的日本人一樣，把可能性放大來滿足自我，但是，界線在你做那件事情的時候就已經固定在某個地方了，無法推遠也不能拉近，當你將界線推遠的時候，就已經是跨越它的時候，你懂嗎？」

秀姐可能是因為說了太多話，喉嚨乾乾的咳了兩聲，或許這些話太過於真實，我將這些話吸入腦子裡就像把含有酒精的水煙吸入鼻腔一樣感到暈眩。

「我不曉得這樣來找你是不是錯誤的事，但，蓉她拿掉小孩的責任，我要你全部扛下來，我要你這段時間好好照顧她，雖然現在墮胎已經是很平常的事情，但那對女人心理的影響還是很大，你懂不懂？」

秀姐將臉別了過去望向天空，欲言又止的深深吸了口氣再慢慢的顫抖著將氣吐出來，就好像很久沒有呼吸到新鮮空氣的潛水伕一樣。

我們又沉默了幾分鐘，秀姐在這段時間裡深呼吸了三次，用手指捏了幾下鼻梁，用那堅實銳利的眼神一直往天空刺進去。

「秀姐，妳沒事吧？」我發現身旁的秀姐有些不對勁，我轉過身用手搭在她的肩上。

「去你的沒事！」秀姐將我的手撥開後，用瘦弱纖細的手拉扯住我的衣口，一點力氣也沒有，就像被細細的楊柳枝條不經意的勾住一般，可是我被她這個舉動嚇得瞪大了眼。

「蓉她有多愛你，你知道嗎？你是誰、讀什麼學校、做什麼工作、怎樣的個性，這些都干我屁事呢，我只在乎蓉啊，這些年，我陪伴著她走過醫院的風風雨雨，你呢，你又懂蓉什麼了呢？什麼美麗、什麼刺鳥，我根本不想懂，聽你說這些我只會越來越痛苦，因為蓉現在躺在我床上蓋著棉被或許還流著淚啊，我什麼都不能做，因為她心裡還是只有你，我多嫉妒你，我多希望她愛的是我不是你！」

秀姐最後一句話幾乎是用喊的，那句話就像回音一樣在我腦海裡攪拌著，我嚇呆了，秀姐似乎發現講出了什麼，手還緊抓著已經皺巴巴的衣口，眼神直楞楞的望著我，就像站在十字路口徬徨又生氣的貓咪。

「總之，」秀姐猶豫了幾秒後又乾脆的開口，手鬆開了，但那輕微的力道好像還留著讓我的胸口仍然緊繃。「我不管未來她會不會回到你身邊，蓉現在是屬於我的，至少此時此刻是，我不會讓任何人再傷害她，誰也無法，既然你無法給蓉幸福，那我會用盡我生命所有的力氣來保護她，就算全世界崩塌也絕對不會放手的那種力氣，你懂嗎？」

秀姐的眼神刺得我都痛了。

「我會好好想想。」我眼睛沉了下來，手指頭無助的在矮牆上移動。

「你不需要在我面前承諾些什麼，該說的話我都說了，後面情緒有一點失控，這一點我跟你道歉，但，我也誠實傳達我的意念，這些事情，我相信你不會對蓉說吧，這一點品格你應該有的吧。」

「我了解，我不會說。」

「我也不會對蓉說些什麼，我知道她還無法承受太多打擊，如果她回來找你，請你盡你的責任好好的照顧她，雖然，男未婚、女未嫁，說責任或許太過於老套，但這種創傷並不亞於死亡，蓉她心裡或許已經改變了些什麼也說不一定，或許人格和個性都變了，這誰也說不準，所以我希望你能好好照顧她，至少在這個階段，而我不會強迫她留在我身邊，她要走是她的選擇，但我要保護她則是我的選擇，這並不會互相矛盾。」秀姐咳了幾聲後繼續說：「至於你，矛盾很多餘、溫柔和浪漫也都是，你怎麼想我不想管，總之，Be a Man，知道嗎?」

秀姐把手上的LV肩包揹在背上，很俐落的轉身就像翻書一樣，輕巧的往馬路的方向走去，一句再見也沒說的走了，背後溪流的聲音蓋住了秀姐的腳步聲，我靠著矮牆望著秀姐的背影消失在遠方的馬路口，天空的雲層仍然壓得低低的，就像快要碰觸到額前的髮一樣，我深呼吸了一口氣，手仍然插在口袋裡握到出汗，呆站在河堤旁的我還沒有想離開，二月天，沒有風的溫度就像把整個人浸泡在冰水裡一樣，我的耳邊只有溪流聲，還有秀姐那句『我多希望她愛的是我而不是你』在耳邊迴響著，我坐在矮牆上直到天矇矇的呈現透明藍色後，就往那沒有蓉的家裡前進，走了好久好久才到家。

之七／就算是百萬分之一的偏差都不行

兩天後，在一個再也平常不過的週末夜晚，蓉回來了，就好像什麼事情都沒有發生一般，她問我吃過飯了沒，拉著衣領說天氣好冷喔，等一下看新聞氣象之類的，手裡還拎了一份臭豆腐以及米粉湯，蓉瘦了一點，頭髮不知道什麼時候已經到達腰部，我看著她散發黯淡光線的臉龐還有帶著哀傷的眼眸，我的眼眶就像被針刺般的酸楚，但是卻無法起身擁抱她或是說些什麼，我的心的確還吊在半空中，懸浮著搖搖晃晃的。

在半夜裡，躺在蓉的身邊的我，夢裡又浮現小曼的身影，那個十五歲有陽光的下午，那個微笑如穿透大氣層的陽光遠遠的使我發燙，那溫度彷彿就是我這一生中只能追尋的東西，完完全全的填滿我的人生，而在早上醒來睜開眼後，望著房間裡的天花板，嗅到身旁熟悉的香味，罪惡感就像是海嘯一樣把我給吞沒，我到底能夠做些什麼，越是抵抗越是被擊潰，我躺在床上深深的嘆了口氣。

「凱，你昨晚是不是又夢見她了？」蓉轉過身來側躺著，雙手拉住我的衣袖就像一隻小白兔般。

「有嗎？」

「一定有的，你說出了她的名字三次，雖然很小聲，但是我聽得很清楚喔，我整晚都沒有睡。」

我又嘆了口氣，雙手掌覆蓋在臉上揉了揉。

「凱，沒關係的喔，如果你真的很想她，那就去找她吧，如果這是最好的結局的話，雖然我很捨不得，但我真的也沒辦法了……真的沒有辦法了……」蓉說完便嗚咽的哭了起來。

我轉過身緊緊的將蓉擁入懷中，讓她的臉緊貼著漸漸被她的淚水濡濕的我的胸口，她的身軀比我想像中還要瘦弱，原本有點 Baby Face 的蓉現在卻明顯撫摸得到骨頭，我好像抱著一個再也不熟悉的身體般感到陌生，我撫著蓉筆直發亮的棕色頭髮，那柔軟的觸感使人感到憐惜，多久沒有這樣抱著她了呢，我自己也都不曉得了。

「我就是，就是捨不得，只是抱持著這樣單純的想法而已啊，為什麼凱你有這樣多的感覺呢？難道我就真的不行嗎，是我就不行嗎？我一直在你身邊吶，沒有離開過喔，一直在呢……一直在……」蓉的語氣柔軟的散發到我的耳朵裡，讓我的喉嚨也哽咽了。

「蓉，沒事的，我在這裡。」我用手擦拭蓉臉上的淚水，又想起了那天晚上在

Motel裡也是一樣用手擦過樺臉頰的淚水，我的手同時沾滿了蓉與樺的淚，樺那天晚上甜甜的哭泣，和今天蓉悲傷的眼淚，緊密的混合在一起，蓉不知道，樺也不知道，她們兩個心裡的秘密都在我的手心裡擴散開來，蓉微微闔上的雙眼，睫毛因為淚水的濕潤而發亮，我持續輕輕的擦著。

「你在這裡，心卻不在我這裡，我到底該怎麼做呢，到底該做些什麼才能擁有你的心你的人呢，是不是我太過於貪心了呢，可是，相愛不就是這樣嗎，我沒有辦法維持中間模糊的地方，那裡沒有任何標示，我根本不知道怎麼做吶，所以我必須要擁有你的全部，就算是百萬分之一的偏差都不行呀，我已經豁出去的給了你我的全部，連百萬分之一甚至千萬分之一的偏差都沒有喔，完完全全的給你了，這樣還不夠嗎，這樣難道還不夠嗎？」蓉說完雙手用力的環抱住我，臉塞進我的胸膛裡，我不發一語的一直輕拍蓉的背，蓉似乎哭累後，呼吸逐漸規律就沉靜的睡去了。

窗外透進微弱的灰色光線，那種感覺不到任何溫暖的光線，我從熟睡的蓉身旁以不吵醒她的動作起床，將棉被覆蓋至蓉側臉鼻尖的位置，坐在床邊撫了撫蓉筆直的髮，蓉的呼吸平穩，我起身走到廚房泡黑咖啡，我站在料理台打開頭頂上的櫃子看了一陣子，櫃子裡整齊堆滿了五顏六色的東西，有綜合維他命、有五穀麥片、有高蛋白奶粉、有七葉膽茶、有綠茶素、有許多空瓶空罐和從醫院拿回來的紗布和繃帶，料理台邊也整齊放好許多杯盤碗筷都是我們一起去IKEA買的白色系列。

L型的料理台再看過去，冷水壺裡裝的是只剩一半的烏龍茶，那甜度只能是某個品牌的烏龍茶才行，其他的我和蓉都覺得太甜，還有辦信用卡所送的電磁爐，蓉所選的鐵氟龍電熱水壺，她說這樣才不會喝到金屬物質，瓦斯爐下方的櫃子有放雞蛋、沙拉油和蓉指定要吃的某牌泡麵，爐子上還放著她從家裡帶來的大鍋子，裡面曾經躺著客家風味的香菇雞湯，我曾說過那薑味真是濃得剛好，也曾躺過被我倒掉，蓉還沒吃到的紫米山藥粥，是不是該再來煮一鍋呢。

廚房外面是陽台，那台中古洗衣機當初搬得好累，還有蓉一定要買的薰衣草香味的洗衣乳，這些那些種種，我看著他們好一陣子，他們也看著我好一陣子，我們好像有交流般的對話起來，他們似乎都很喜歡他們主人——蓉，每天都排得整整齊齊等主人把他們從櫃上拿下來使用，蓉細心照顧著我就像細心照顧著他們一樣，最近蓉的悲傷好像也感染到他們，我能夠感受到他們無聲的難過。

我從上層櫃子拿出一紙盒，裡面裝著西雅圖掛耳式咖啡包，從冰箱裡拿出Meiji鮮奶油，擠壓鐵氟龍的熱水壺頭頂將水倒入像漏斗形狀的咖啡包，等到杯子裡的黑到八分滿後，再將奶油倒入，那白色在黑咖啡裡很無奈的暈開來，我喝了一大口，那苦澀不帶香味卻帶了許多猶豫從喉嚨起點進入體內，那猶豫是一種執著，一種不知覺的執著在體內就像奶油很無奈的在黑咖啡裡暈開，我雙手撐在台邊深深的嘆了一口氣，發生了這些事情，卻讓我更常想起樺，每次被罪惡感包裹的同時也含有某種程度的貪戀，我好想知道，這一切，在道路的終點會是什麼模樣，雖然想知道但是卻恐懼著去觸碰它，因為，不管終點是天堂或是地獄，都必須要做出一定程度的選擇。

我轉過頭望著客廳空氣中某一點良久，越是想理解思緒就越是糾結成一團，我搖搖頭，又喝了一大口咖啡，踱步進房間裡坐在床邊，將咖啡放好，左手翻著《國境之南．太陽之西》，恰恰好翻到女主角島本說的一句話：『我心目中是沒有中間性的東西的，在中間性的東西不存在的地方，中間也不存在。』我右手不時的撫著蓉的臉龐，蓉也是這樣想的吧，但是我腦袋裡卻不斷的蹦跳出樺的雙眼、樺的氣味和身影，此時，蓉身體微微的顫抖了一下，我心想，不管怎麼樣，希望此刻在夢境裡她正微笑著，然而，那都不是我所能決定的。

□

而後，又過了幾個月，連我自己都忘了多久，只記得中間連續下了幾個星期的雨，聽說是梅雨季延後到夏天來臨之前，蓉回來大約三天後，秀姐突然的申請調離醫院，蓉說非常捨不得秀姐，甚至本來也想要一起調離，但是因為資歷太淺而作罷，對秀姐的任何事情我只能保持沉默，雖然我也很訝異，畢竟她不久之前才在一個無風的夜晚對我說要用生命去保護蓉，怎麼會突然的就從蓉身邊離開，難道蓉對秀姐說了些什麼嗎，還是她們之間發生了什麼事，難道是蓉拜託秀姐來找我的嗎？到底是怎麼一回事，我沒有時機也沒有理由面對蓉問秀姐的任何事。

我和蓉的生活越來越平靜，我們都盡量避免提起有關墮胎或是出軌這兩件事，但那的確不容易，偶爾看到電視裡報導有關暑假墮胎潮的新聞時，我們之間的空氣都會瞬間冰凍，然後陷入深遠的沉默，想要轉台但又擔心對方是否覺得自己太敏感，於是兩人只能僵在那把節目看完，看電影，劇情有男人出軌的橋段時，我都避免將目光放在蓉身上，甚至乾脆閉上眼放棄這段劇情，但我仍然可以感受到我們之間不祥的動靜。我們都好像揹負了些什麼而活著，身體經常感覺疲勞。

蓉的母親因為工作時受傷斷了手指頭，公司卻沒有保勞工意外險，為此，蓉總是板苦著臉來回台北台中奔波幫忙母親處理後續法律問題，以往自信甚至帶有點驕傲的笑容逐漸的褪色，再加上心瓣膜脫垂的問題常常會讓她在半夜喘醒接著痛苦的在床上呻吟，我緊張的跑下床去找藥再扶著蓉把藥和開水送進她的體內，害怕她一個人騎車上班會有無法預期的問題，所以我必須在清晨起床載她去上班後，晚上加完班再去接她回家。

睡眠不足再加上工作的壓力常讓我們一不小心就擦槍走火的爭執著，爭執後冷戰，冷戰後沉默，不斷的循環，這樣瀰漫著暗灰色的氣氛經常讓我想就這樣逃走什麼都不管，更讓我時常的想起樺，尤其是在下雨的夜晚，但是在想念的同時又含有很大的罪惡感，那來自秀姐對我說的種種，來自蓉哀傷的眼神，白色的想念和黑色的罪惡感以及壓力一直在心裡抗衡、爭辯著，它們互相攻堅，有時候是白色這方贏，有時候是黑色的這方贏，但戰爭不管哪一方贏，所留下的屍體並不會消失，枯骨堆積如山，精神和體力都消耗到極限。

「我想，你對家庭愛的渴望轉移到了她身上，所以潛意識裡，你才這樣對她念念不忘。」蓉翻著心理學的書坐在床邊淡淡的對我說著。

「家庭的愛？」我躺在床上用疑問的表情看著蓉，窗外是四月裡的雨夜，房間裡很安靜。

「愛有分很多種，其中有一個項目叫作轉移，這轉移是在潛意識裡，所以是不知不覺的，凱你認識她的時候，是在你爸媽吵最兇的時候吧，那個時候，你或許已經喜歡上她了，但是，再加上無法從家裡獲取的愛轉移到她的身上，累加起來的愛就像在海溝一樣，深不見底，但是海平面卻看不出來有任何的變化，潛意識裡一切都是在海面下進行的。」蓉說完拿著筆在書上面劃了又劃，那力道就好像木匠用刨刀細心但是有力量的刻劃著。

「妳終於找到原因了是吧。」

我語氣有些不悅，我已經努力的克制自己了啊，不再與樺有任何聯絡，也盡力的照顧妳，我知道我該面對的是妳了啊，我在妳的眼中就像小孩般無法成熟理性的面對任何事物吶，到底還要我怎麼樣呢？心跳聲像重低音喇叭所發出的厚重聲響，我無法從口中說出這些話。

「你就是這樣，心裡一旦對某個人某件事情貼上標籤之後就撕不下來了，我不是找原因，而是試著解決問題，你知道潛意識對一個人的影響有多大嗎，你難道都不會覺得很奇怪，為什麼會對一個人這樣深深著迷，即便她說來就來說走就走、即便她曾經傷過你，你一點也不覺得奇怪嗎？」

「不是這樣的，我跟她不是這樣的。」

「不然是怎麼樣？」蓉的音調飄高了些。

「我們可不可以不要討論她了，我們維持原樣不是很好嗎？再這樣說這些事情沒有意義了。」我坐了起來，雙手無力的放在棉被上拗著脾氣。

「原樣……」蓉停頓了一下，「我們已經回不到原樣，就像沙漠永遠回不到大海一樣了。」蓉把書闔上深深的嘆息，我坐在床上身體往後靠在床頭，閉上眼想像著大海倒入沙漠那永遠不可能的景象。

兩個人又沉默了一陣子，只剩下牆上白色的圓形時鐘秒針走動的滴答聲，還有窗外雨滴拍打到無數的樹葉上以及路面上的聲響。

「凱，跟我去做催眠治療好嗎？」蓉緩緩的開口。

「催眠？」我說，這兩個字應該只有在電視上的催眠秀或是古代巫術之類的才會出現的用詞，從蓉口中講出來讓我覺得很不正常甚至有些奇怪。

「我真的找不到方向，那條讓我努力相信些什麼的線已經快斷了，我曾經跟你說過，我無法在沒有道路的情況下前進，迷失的我在這個世界上是不存在的，我必須要找到許多方法來重新建立心中的道路，哪怕是建立一根方向指標也好。」

蓉將書放在桌上，把椅子轉過來面對著我。

「小時候，我爸因為投資失利而陷入困頓只好去做保全賺錢，所賺的錢不多，雖然欠債但至少三餐能溫飽，但是大男人主義深根在父親的心裡，就算沒錢也喜好應酬、喜好買貴重物品，積欠的卡費越來越多，只能靠母親還債和扶養我們三個小孩，這樣的環境下，我們的童年時光都是很悽慘的喔，並不亞於你，我弟弟因為個性較內向，還曾被我爸認為是自閉兒，一些聚會場合父母都不敢帶他出門，他就是在這樣缺乏父愛與母愛的情況下長大的，造成他極度的缺乏自信，曾經一度想要結束自己的生命。

「後來，他接觸了催眠，將他潛意識裡長久以來對家庭的怨懟解放以後，情況有很大的改善，漸漸的找回自己的自信，大學和研究所都順利的考上，現在還替MIT做網路課程翻譯的工作，在網路上我弟已經有一點小知名度了，這段時間裡，我聽我弟的勸，去做過一次治療，但是醫生說我還沒辦法敞開心胸，這次，我想要再試一次解開心中的結，我希望你可以陪我去，就這一次。」

蓉說的這些事就好像是水庫，積壓在心裡已久的水庫裡的水，有計畫性等待適當時機一次的全部宣洩出來。

我看著蓉久違的堅定眼神又再次的顯露出來，我知道此時我沒有立場再說些什麼，雖然我對催眠還是抱持著半信半疑的態度，甚至覺得這種東西根本是個笑話，但是我了解蓉的那種堅定眼神，當那種堅定眼神再度出現以後，就毋須再多做掙扎，照著她的意思去做就好，這一直是我和她長久以來相處的定律，這也是為什麼我母親覺得我總是被蓉牢固的牽制住的原因，還為了這些問題跟我談了很久，我想起當初母親放在我桌上的那張紙條內容——『**凱，你已經長大了，但是很多事情你**

都不會主動替媽著想，這讓我很傷心，你什麼事都以女朋友為主，家難道就不重要了嗎？我們這個家不歡迎她，你以後別再帶她回家。』

這紙條曾讓我卡在生命中重要的兩人中間進退兩難，我實在不善於處理這些事吶，就只能放手任由這些種種攪和在一起，或許母親的想法是對的，我總是被蓉牢固的牽制住；但她也是錯的，我從家裡逃了出來進入了蓉凡事都有原則的世界，這讓我感到安心，也讓我自然而然習慣當個小孩聽她的話行事，這一切都非常自然不奇怪，當然，這自然不包括小曼的事，就因為如此，我想小曼的事大大的衝撞了蓉的內心，她必須要找些什麼來穩固她心中的原則，就像需要沉重的錨才能在海面上停下來的大船一樣。

□

兩個星期後的一個週末下午，已接近夏末，蟬鳴聲還是像瀑布一般籠罩在周圍，我和蓉走進位於彰化市區的大醫院，這是蓉她弟弟所推薦的地方，我牽著蓉的手，她堅定的眼神還是沒有改變，就有如外面下午的陽光般金黃。醫院裡充滿永遠不變的藥水味和奇怪溫度的空調，穿著死白長袍面無表情的護士以及醫生到處忙碌的走動著，雖然走動著卻完全聽不到腳步聲，從四周傳過來的也只有細微的交談聲以及推動什麼儀器之類的輪子和地面發出的聲音。

每次走進醫院我都會一陣頭暈，這裡的空氣似乎吸了幾口都會生病，沒有生氣、沒有活力的這種地方，竟然可以讓病懨懨的人進院以後再健康的出院，每次想，我都覺得不可思議，然而，沒有辦法再健康出院的人通常也都是被強迫的在醫院裡走到另一個世界，所以，保持這樣低調的氣息，好像也是醫院在這個世界上的生存法則，畢竟有些事是無法選擇的。

□

我坐在心理治療科外冰冷的座椅上等了許久，這期間候診室外沒有半個人，牆上的號碼停留在○○一，我想也許是因為在台灣心理治療科跟精神相關疾病劃上等號，大家怕進來了以後臉頰就會被烙印精神病的記號有如將死的囚犯般，所以心理治療科總是乏人問津，這期間除了沒半個人很安靜之外，我還作了個夢，夢裡的所有光景都是模糊的，除了我和蓉還有樺，樺抱著膝蹲坐在我和蓉的前面不遠處，她背對著我們，我手牽著蓉的手除了靜靜的看著她的背影以外沒有做其他事情，我心裡期待樺能夠轉過頭，好久沒有看見過她的臉龐了，才正想要上前拍拍樺的肩呼喚她，此時，門嘎吱一聲打開，我微微張開眼睛，蓉走出來，我的睡意已消失無蹤，但腦袋裡還帶著一點暈眩。

「凱。」蓉說，她臉上沒有任何表情，就像昨晚大哭過今早醒來那樣，眼角還掛著輕微紅腫。

「我希望你能對醫生放開心胸，對你的家庭對你的過去解放，這樣，才有可能放下你對樺的愛，那或許不是愛，只是對某種東西的固執轉化而來的。」

蓉振振有詞，卻沒有一個字真的能進入我的耳朵，雖然我不知道是什麼東西讓我對樺的感情如此深遠，但我不相信那是固執，我只覺得這是蓉所必須建構的道路，是的，必須的。

牆上的號碼跳到了○○二，我轉開冰冷的把手走進房間，醫生坐在右邊的木質書桌後，一張讓人感覺舒服的書桌，桌上有幾顆水晶球還有應該是放著家人照片而背對著我的相框，以及一些彷彿從世界各地買來的紀念品，有迷你型的披薩斜塔、迷你型的威尼斯貢多拉、印有切．格瓦拉圖樣的菸盒……等，書桌前則是一張淡橘色沙發，旁邊的茶几跟書桌就像母子一般，茶几上的日式陶瓷杯正冒著淡淡白霧與書桌上的杯子一模一樣，左邊有一張藤製的躺椅並且用屏風擋住只露出尾巴部分，牆上掛了個用隸書書寫的『心』字，四周還有幾盆剪裁精緻的綠樹盆栽，醫生正在案上發出沙沙的聲音迅速寫著字，整個空間不會讓人感覺冰冷，可以說是這間醫院唯一不會讓人覺得有距離感的地方，下午的陽光從醫生後面的半落地窗照射進來，頭頂上的燈光也採用舒適的鵝黃色，光線強度恰到好處，我不由得深深吸了口氣，全身好像放鬆了不少。

醫生放下筆後抬起頭說：「請坐。」

他看起來約莫四十五歲上下，緊鄰鼻尖的人中被濃密的鬍鬚覆蓋著，雖然濃密但看起來卻很簡單清爽，戴著銀邊無框的眼鏡，頭髮很薄額頭前幾乎快禿了，不穿白袍，反而是用淡棕色的格子襯衫代替，眼神優雅不帶威嚴，我緩緩坐了下來，這間房間裡任何一個人事物都讓人覺得親切。

醫生翻了翻我的基本資料對我說：「你知道，你今天來這裡的目的是什麼嗎？」淡淡的微笑掛在他的臉上。

「其實，醫生……我並不太清楚，也不知道這能夠帶給我什麼樣的治療，甚至，我根本覺得我不需要治療，我覺得我很正常，只是心裡有一些事還需要時間釐清。」

醫生拿著鋼筆在桌上輕敲了兩下。「OK，那麼，你可以告訴我一下什麼才叫作正常嗎？」醫生臉上始終保持著淡淡微笑。

我有點疑惑的搔搔頭，停頓了一下然後說：「不做出一般人不會做的事情，像是自殺啦、殺人啦、縱火啦、吸毒過量之類的，應該就算是正常人了吧。」我感覺有點難以啟齒，這種問題以前從沒想過。

醫生輕輕的笑了一下，很恬淡不帶輕蔑的笑聲，像四月的微風一樣。

「所以，你覺得你沒做出一般人不會做的事情，所以算是個正常人囉，這部分是這樣的嗎？」

我點點頭。「嗯……我想是吧。」

「聽過吃素的狼的故事嗎？」

「沒有聽過。」

「我說給你聽聽。」醫生輕咳了兩聲就像在準備演講那樣，我豎直了背就像準備聽演講那樣，很自然，醫生開口：「有一隻吃素的狼，雖然他吃素，但他也不是任何野草野果都能夠吃，他只吃種在人類田裡的玉米，因為吃素，所以狼群們都覺得他很不正常，但因為他不會跟狼群們搶食物所以倒也相安無事。有一天，有一隻雞迷了路，不小心走進狼群的地盤範圍裡，而且還剛好遇到了這隻吃素的狼，雞嚇得半死，但這隻吃素的狼對他說：不用害怕，我吃素，所以不會對你怎麼樣。雞聽了後心裡非常高興，正想要對他鞠躬道謝時，吃素的狼轉眼間就撲向雞並且一口咬住雞的咽喉，一時血流如注，奄奄一息的雞問狼說：你不是說你吃素嗎？狼就說：是的，我是吃素，但是我咬死雞去給我的狼群兄弟們，然後交換他們去幫我偷的玉米。故事結束。」

醫生又在桌面上敲了幾下他手中金色的鋼筆，一陣沉默。

「這故事……」我搔了幾下頭髮。

「Think about it.」醫生用鋼筆在他的太陽穴上點了兩下，然後又繼續說：「OK，那，我們可以切回主題嗎？」

「可以。」我點點頭，腦海裡還殘留狼奸詐的眼神。

「你今天來的目的並不是做治療，而是讓你自己有能力釋放你潛意識裡的東西，嚴格來說只是個類治療，首先，我先來解釋一下意識以及潛意識的部分。」醫生把手上的鋼筆放了下來，停頓了一下隨即開口，就好像從起跑點開始起跑一樣。

「在現實生活中有形、有畫面、進入你腦內產生明顯記憶的，我們統稱為意識，例如，前幾天爬過的山的名字，餐廳喝過的酒的名字，昨晚寫信的內容等等，這些部分都是，你可以想像意識是一座露出海面的冰山，而潛意識則是在冰山底下比露出部分大好幾十倍甚至百倍的部分，所以人有絕大部分是受到潛意識的引導而做出行為，那絕大部分接近百分之百，而潛意識又可以分為低層、中層以及高層，今天先討論一下簡單低層的部分就好，不然關於潛意識的探討至今論文紙可以繞地球七圈半了。」

醫生把日式陶瓷杯拿起來喝了幾口，在紙上刷刷的寫了幾行字，我沒有說話繼續等著他開口。

「人的低層潛意識就像一個無限大的儲存槽，儲存著你認為已經是過去甚至遺忘的情緒或是情感，你想想，從小到大經歷過多少事，那些種種並沒有消失，而是一點一滴的累積在這個儲存槽內，有的引導你做出你認為正常的行為，有的則是壓抑著等待爆發。患有精神疾病的人，在我眼中他們並不是不正常的，甚至他們比在外面馬路上的人還要更正常，我所認為的正常是指因為他們知道自己心中扭曲的地方在哪裡，而一般看似正常的人們並不會察覺自己心中扭曲的部分而持續的在這世界上活著，有的到死都不會察覺，有的察覺了就發病了，這就是我所謂的正常以及不正常還有潛意識的部分，到目前為止都還聽得懂嗎？」

「我想我了解。」這醫生真的很喜歡講『部分』這兩個字我想。

「你可以回去再想想那個故事和我說的部分。」醫生又喝了口茶繼續說：「潛意識主導人絕大部分的行為，這點你女友應該很清楚，所以才會來這邊做催眠，而這種類治療，我們醫生只能站在輔助以及導引的方位，讓你有能力將潛意識裡的東西釋放出來，記住，是導引你，而不是我們把東西拿出來，這跟一般的外科內科手術一點也不一樣，只有你自己才能釋放心中的任何情緒，也只有你自己才能治療你自己。

「你女友她很了解這一點，她弟弟也是，而你的事情我大概有聽你女友講過，略知一二，你要不要接受催眠，完全是你的自由，有些人動機不夠，就算接受催眠也不會有效果，而催眠很少有一次就到位的，你女友的例子算是個特例，一般來說是需要大約兩次的會談，然後再預約下一次的催眠，而她是第二次會診就可以馬上進行催眠，效果也很好，我想是壓抑相當久的一段時間。」

醫生說到這，彎腰下去打開抽屜拿出了幾張紙用迴紋針夾著，他看著內容，但並沒有想要給我看的動作。

「那，她現在還好嗎？她有說什麼嗎？」我問。

「解鈴還需繫鈴人。」醫生把紙張平躺在桌上看著我的眼睛後說：「她的確釋放了許多壓抑的情緒，但她今天做的催眠所說的任何話，這部分身為心理治療師的我有保密的義務，這也是做這行的第一守則，所以我只能對你說這句話，剩下的要靠你們的溝通了，這部分還請你見諒。」醫生對著我微微的點頭。

「我了解，不好意思。」我也點點頭。

醫生的招牌微笑擴大了些。「沒關係，你不用客氣，我只是把規則解釋一下，那接下來……」醫生又把平躺在桌上用迴紋針夾住的紙張拿起來瞥了一下，「接下來還是必須要了解你的現況，進行會談，畢竟這也是你繳掛號費的主因，這你同意嗎？」醫生說，我點點頭。

「嗯，好，本來通常是由被治療者開始講述，但我想你並不適合，這次就由我發問你來回答，我也會適當給你一些意見，當然你能坦白的話請盡量坦白，這樣才能建立起橋樑，建立起橋樑後我才能找出你接受催眠的動機，不能坦白或是有些事不方便說，我不會勉強，請直接舉手就好，我就能明白。」醫生說，我再次點點頭。

醫生將第一張紙翻開後說：「請問一下你現在家裡狀況如何，父母親還有常吵架嗎？」

我楞了一下，「偶爾還是會吵，但少很多了。」

蓉應該對醫生坦白很多事吧我想。

「大概都是因為什麼事情而吵？」

「很難說，有的時候為了錢，有的時候是因為我爸喝酒回來鬧，不過爸媽已經分開睡了，而且由於搬家，房子也變大了許多，比較少有接觸碰面的機會，所以比較沒機會吵吧我想。」

「在你心裡覺得，是因為爸媽分開睡了，房子也變大了，所以才造成吵架情況好轉？」

「應該是吧。」

「所以，不是因為爸爸個性有改變或是媽媽改變了？」

「很難吧。」我想起了過去種種，母親寫給我的紙條，父親在我面前咆哮的畫面。

「江山易改，本性難移，這句話我想你應該百分之百同意吧。」

「也不是每個人都這樣，但可能剛好我周遭的人個性都太過於鮮明，所以我才覺得他們就是這樣了。」

「每件事情背後都會有另一個意義在，不管那個意義是否跑出來了還是沒有，在事情發生後就將之貼上標籤，這部分我想是不公平的喔，因為也許你也被貼了很多標籤喔，對吧？好，下個問題。」

貼標籤。這個動詞好像前幾天有聽過，我心裡想。

「他們在吵架的時候，你的心裡有什麼感受？盡可能的說沒關係。」

我深呼吸一口氣然後開口說話。「心情會很浮動，沒辦法睡著，全身血液好像都衝上臉一樣覺得很脹，有時候會激動到想要哭泣，想要衝出門直接就這麼不回家了。」

「曾經有這麼做過嗎？」

「有，但最後還是得回家，當時是學生，很窮也沒錢，所以也無法在外面待多久，回家後還被爸媽罵，好像完全不知道我會離家出走都是因為他們。」

醫生若有所思的沉默一陣子，好像在構築我說的那些畫面。

「我想，這部分你不說，他們當然不會知道囉，這是國內家庭普遍存在的問題，缺乏溝通，當然，每個家庭又有不同的狀況，我自己家裡也有很多狀況，有些還是需要用漫長時間來釋懷的事，但，我要說的是，你至少還會回家，有的情緒激烈的人直接就這麼跟家裡脫離關係了，所以，代表你在乎這個家庭，雖然有過不好的回憶，但也有好的回憶，所以潛意識裡也有脫離不掉家庭的意念在，而那對家庭黑暗面的部分，也許可以利用催眠來做釋放以及導正，我想這也是你女友會帶你來的原因喔。OK，關於我剛剛所說的，你有什麼要補充的還是反駁的，都不用客氣喔。」

醫生拿起杯子輕啜了一口茶，等我反應。

「這茶是玄米茶嗎？」我拿起茶几上的日式陶瓷杯喝了一大口。

醫生咯咯的笑了起來。「你的確很聰明喔，轉移話題的 Timing 剛剛好，來，我再幫你倒一杯。」醫生拿起我的杯子起身到後面落地窗旁，我伸一下懶腰。

醫生轉身走了過來將杯子遞給我，杯子沉了很多，坐了下來繼續說：「我想，我看得出來你有在咀嚼我說的話，這部分我不擔心，我覺得你是個聰明人，只是要如何控制得宜，那又是另一回事了。我這邊有一些潛能開發的課程，看你有沒有興趣來參加。」醫生雙手手指交握在木質桌上搓動著。

「謝了，這我會考慮一下的。」我回了一個客氣的笑容。

「好的，那麼接下來還有幾個問題，茶你多喝點別客氣，這茶都是去日本靜岡買的喔。」

「是喔，難怪我覺得這玄米茶跟一般的都不太一樣，很好喝。」

「是啊，OK，接下來我想了解一下你女友口中所說的你的初戀，大概是在什麼時候認識的？叫什麼名字。」

「國中的時候認識的，她是我國中同學，我可以不說她叫什麼名字嗎？」

「當然可以，那你們當時有正式的在一起過嗎？也就是以情侶的稱呼下進行交往。」

「應該，應該算是沒有。」我說，醫生點點頭。

「聽你女友說，在你們交往前，你和她中間有一段時間沒有聯絡，在那段時間內，你有很積極的試著找她嗎？」

「我想有吧。」

「這部分是怎麼樣的積極法？」

「打電話或是寫信吧。」

「能夠具體的描述那種積極嗎？例如去她家樓下等過還是透過友人去找之類的。」

我舉手，背部一陣涼。

醫生臉頰劃過一抹淡淡笑容，下巴微微往下移了幾公分。

「OK，那，最近還有再找她嗎？」

「沒有了。」

「大概持續了多久，我指的是最後一次見面後。」

「大概三、四個月。」

「現在還想找她嗎？」

醫生提問後，沉默就接著進入且填滿我們之間的空間，我的雙手緊緊的交握放在大腿上面，眼球微調了角度往左下角移動，房間裡只剩下兩個人的呼吸聲還有上方空調出風口所發出的微弱風聲，腦袋裡許多有如網狀般的東西瞬間糾結起來，就像織完的蜘蛛網瞬間被一根棒子攪亂糾纏在一起。就在沉默快接近背部出汗的時間後，我緩緩的舉起了手，「對不起。」我說。

「別道歉，這沒有什麼對錯，坦白這兩個字，是完全的個人意志，你會舉手也代表你是個某種程度上坦白的人，只是坦白方式不同，還有，我提醒你一下，想要找她和真正去找她，這兩個動作是完全不同的，或許溫度類似，但是它們一個紅色一個白色，是完全不同的，這部分你懂嗎？」醫生說完用手指撐了一下他的銀框眼鏡。

我點點頭。「嗯，我懂。」

醫生將手中的紙張垂直敲在桌面上整理了一下然後說：「好，那到目前為止，她有沒有讓你印象最深刻的事情，不管什麼事情都好，一句話、一個動作等等都可以。」

「寄居蟹。」我說，很反射的說了出口。

「寄居蟹？」

「她說，她就像一隻寄居蟹，只能活在有個純然自我的封閉空間，在小小的世界裡去放逐矛盾的靈魂，無法也無力承受太多的關愛，雖然她渴望，但最後總是搞得一團亂，她也討厭無法回饋於別人的自己。」

「寄居蟹……」醫生口中喃喃地說，眼珠子朝右上方看了一下又轉回我身上。

「所以，你就是那個可以讓她不用回饋又能得到剛剛好的關愛的殼囉？」

我的瞳孔直接反應變大了些，直直的注視著醫生，但眼睛的背後並沒有映出醫生的臉，映的是樺的臉龐，到目前為止，我的確沒有想過，原來對樺而言我剛好是那樣的人，是這樣的嗎？我在心底輕輕的說了這一句話，我沒有可以反駁醫生所說的。

「我……我不知道。」我只能低下頭說這句話。

「嗯，我了解，不好意思，我不是要讓你難堪的，只是有些問題你回去可以好好想一想。」醫生補充。

「嗯，我也了解，不用客氣，我沒有難堪的感覺。」

「那我就放心了，那，關於你女友蓉，一樣的問題，她有沒有讓你印象最深刻的事情？」

我搔搔頭，眼皮閉上想了許久又睜開眼，這期間醫生喝了一口茶，在案上又寫了幾行字，我還是沒有想到，心裡有莫名的羞愧，像大海般的蓉，平靜的兩人生活，我想不到有任何激起洶湧浪花的畫面，當然，除了樺的事讓蓉知道以後所發生的事，那事我並不想說出口，不想說蓉在我面前如狂風暴雨般的哭泣然後還併發了心瓣膜疾病、也不想說蓉在拿掉小孩後堅強的眼神，這些，我都不想說。醫生寫完字以後抬頭起來看著陷入沉默的我，緩緩伸出了手看一下手錶。

「好，會談時間也差不多了。」醫生說

我抬起頭，想要說些什麼卻全部卡在喉嚨裡。

「這個切入結束的 Timing 不錯吧，我也很擅長喔。」醫生笑著說。

「是的。」我說。

「感情，不只是在月光皎潔的夜裡並肩散步，更是需要在風雨中攜手同行的，不管是你喜歡的那個她，還是在外面等候的蓉，都一樣，不要再去想什麼是對什麼是錯了，拋開無形的枷鎖吧，面對自己吧。這是我最後給你的意見。」醫生瞇起眼笑著看看我。

「謝謝醫生。」我點點頭

「喔對了，還有潛能開發的事……」

「我會仔細考慮的。」

「OK，很好，那就到此結束，你可以幫我再請你女友進來一下嗎，我跟她解釋一下你的狀況，然後請你別擔心，不該說的我不會講，保密是我的職責。」醫生笑了笑，我心虛的打開門離開，不曉得為什麼，在這醫生面前總感到心虛。

蓉又再度進入診療室的期間，我坐在外面的椅子上，呼吸節奏漸漸紊亂，就好像失去控制的蒸氣火車，腦海裡樺的臉龐和蓉的臉龐糾結在一塊，樺默默的注視著我，而蓉對我開口說了些什麼，我完全不知道，只知道心底一直抗拒著某種東西，這些日子以來，不管是秀姐和心理醫生對我說的，都產生了莫名其妙的影響力，我感覺就像被逼到了懸崖邊一樣，如果，樺和我只是多餘浪漫的組合。如果，我就只是剛剛好樺這段時間需要的那個殼。

如果，對樺莫名的想念只是年輕時家庭黑暗的潛意識作祟。如果……這些種種都如此被輕鬆的解釋，我還會是我嗎？真正的我到底在哪裡？我深深的吸了口氣再慢慢的吐出來，試著將呼吸節奏調順，這個循環做了幾次之後，蓉轉開手把從診療室走了出來。

「醫生他有說什麼嗎？」我起身走向蓉。

「橋樑……」蓉嘆了一口氣，短短的。「你們之間的橋樑還沒有建立起來，所以你能接受催眠的動機並不強，現在並沒有辦法接受催眠，凱，我想我已經盡力了……」蓉說完後就將額頭貼在我的胸口，雙手抓著我的腰際，緊緊的，就好像背後有什麼東西要將她吸走那樣緊抓著我。

□

在看完心理醫生後又過了幾個月，蓉的情緒變得比較平穩，越來越少提起我和樺之間的事，瓣膜脫垂的病情也獲得控制，公司在這個時候升我的職等也加了薪水，而樺自從那封信後，也毫無音訊了，我也沒有主動再去找樺，雖然偶爾會在夜裡想起，揪著心的想念，但是看著蓉安靜躺在身邊，再想想心理醫生說的話還有發生的許多事情，心中那份對樺的牽掛也就稍微輕了些。

工作越來越忙，蓉也正式成為醫院裡的學姐級人物，在兩個人情況漸入佳境的情況下，我提出了一起出國的想法，一方面是因為我即將前往上海出差，可能要有一段時間不在國內，另一方面是趁這段空檔期與蓉出去走走，我和她的情況或許會更好也說不一定，我們一起走過了香港，也去過了泰國，兩人旅行沒有太大的問題，對彼此的生活態度以及習慣也已經很熟悉，蓉的笑容漸漸回來，如大海深邃的眼神讓我又想起當初剛認識她的時候。

那時她是兩校迎新器材組組長，而我是總召集人，理當是聽我下的指示行動，但就在與他校爭場地，態度較溫和的我被他校逼得不知該如何是好的時候，蓉挺身而出硬是帶著我到對方陣營裡交涉，雖然態度強硬的她表現得咄咄逼人，讓在場與會的人都感覺很窒息，空氣中瀰漫著火藥味，但蓉還是驚險的想出兩全其美的方法，讓大家都願意嘗試看看，最後讓場地運用問題得以解決，迎新活動也完美的落幕，在那場會議裡我深深被蓉堅定的眼神以及有條不紊的說話表情所吸引。

在從香港回台灣的飛機上，她勾著我的手臂，將頭側靠在我的肩膀上，我看著她熟睡的臉龐，再次回想從前被她吸引時的心跳聲，那樣的美好，我怎麼會如此的傷害這種美好呢？我想我是愛她的，我撫摸著她的臉，輕輕的在她髮上親吻，我閉上眼，與身旁的蓉在兩萬英尺的上空一起進入夢鄉。

之八／毛茸茸小白熊寶貝

〇八年的第一天夜晚，我從上海出差回國正好第三天，強烈寒流覆蓋住台北，最低溫甚至到了五度，是個我無法再回憶起來到底有多冷的夜晚。蓉跨年夜沒有回家，隔天，她在家裡的房間門口向我提出分手，蓉剛開始哭哭啼啼的說其實她不忍心對我說這件事，其實她已經跟他在一起將近一個月的時間，那一個月我在上海出差，但她一直強調不是出差的問題。

接下來，蓉開始提到他，語氣開始平穩且富有熱情，蓉說，他關心她，他體貼她，他有著超乎想像堅定的眼神和態度，他能夠給她我所給不了的安全感，蓉還說，這段感情我太高傲，希望我能好好傾聽下一個女人所說的話，也勸我去找樺，在蓉要關上房門前，她又說了許多關於他的優點以及我的缺點，他的成熟，我的任性，我的懦弱，他的堅強，他的穩定，我的飄浮……等等，說真的，那是極為痛苦的一晚，簡直像納粹屠殺猶太人一樣，或許可能有猶豫，可能有不忍心，但對蓉來說卻是完全必要的行為，不管對與錯，其實愛情本來也沒有對錯，所以我想她才認為要把所有事情交代清楚。

接下來幾天，蓉都盡量早出晚歸，能感覺到她刻意安排跟我錯過的時間出門或是回家，樓下的房間也換了鎖我無法進門。從那晚開始我的身體變得很怪，無法進食，也沒有辦法入睡，並不是吃飯或睡覺會想起什麼，而就像是身體深處維持機能的開關被關掉一樣，只要食物進入嘴巴，身體就自動產生嘔意將食物再往體外送出，躺上床的時候，眼皮肌肉莫名的撐著無法闔上，只能靠自己的力量蓋上眼睛，但並不能使我入睡，因為要上班，實在不睡不行，所以我更猛烈的喝酒，隨之而來的就是嘔吐更加嚴重，導致我幾乎沒有辦法工作，幸好離出差的時間還有大約一週，主管特別破例讓我請一週的假，但一週後必須直接飛上海，但我想基本上他也無可奈何吧。

我回到台中仍然沒有用，醒著在門口發呆，醉著就漫無目的地晃蕩，眼前的景象是破碎的，無法組合起來成一片完整的視窗，這些情況把母親和妹妹嚇壞了，她們忙著求神問卜，甚至還帶我去收驚，但一點用也沒有，後來只好吞安眠藥和吃鎮定劑才能換來睡眠，但副作用很大，我的腦袋無法思考，和別人的對話經常有一句沒一句的。這段期間 Kego 來找過我，他和我交談以後（但我不記得任何內容），Kego 走出房間，我只記得母親神情緊張的直抓著 Kego 不曉得跟他說了些什麼。

隔天，Kego 帶了把 Gibbson 白色空心吉他給我，嶄新的鋼弦在陽光下反射出金色光亮，Kego 跟我說他能夠做的就是這些了，其他的要靠我自己。後來，到了下午黃昏時刻，我就會到二樓陽台彈吉他，大肚山脈靜靜的橫亙在眼前，淺藍色的天空上幾朵被陽光染成橙色的雲飄浮著，我彈了許多歌，彈到 Coldplay — Yellow 的時候我會想起樺，我是不是還答應要彈吉他給她聽呢，雖然不算很久之前的回憶，怎麼現在感覺起來像是上輩子的事。

至於蓉，我盡量不去想，但總有無法避免的時候，狀況最慘的是有一次在深夜裡，那晚我幾乎可以感覺到蓉躺在我的身邊，她的氣味、她的體溫和她乾淨的額頭，抱著她跟她做愛的汗水，我雙手握拳用力敲打床面，趕不走，我敲打牆壁，趕不走，我把桌上的玻璃杯往地面摔破，還是趕不走，最後我敲打我自己的腦袋，不斷的敲打，妹妹為了阻止我衝進房間抱著我大哭，但我一滴淚也沒掉，從分手後到現在一滴淚也沒有，那是怎樣也無法向他人形容烙在胸口中哀傷的鈍痛，深沉的，灼熱的，有重量的痛。

還記得那天是星期四，連續幾日的晴朗天氣後的第一天下雨，綿密細雨披覆在山脈上面，灰暗的天空濃厚化不開，我站在陽台望著遠方，雨水哀慟似的淋濕了我和白色吉他，那一刻，我被內心深處滿溢出來的悔恨所淹沒，被自我中的自我用力掐住脖子，我感到呼吸困難，我從來沒有憎恨過任何人，但那一刻我是如此憎恨著自己，我恨不得坐時光機回到過去將刀尖刺入我的心口，我第一次感覺到我掉入所謂的Limbo，不斷重複著自我毀滅的過程，蓉就像燒焦的影子黏附在我身上，那過去對樺無可救藥的愛情我也不知道是什麼，過往毀滅，現實不存在，我感到那濃厚的灰一直在逼近，雨越來越大，他們都在逼著我，體內那灼熱需要找出口爆發似的湧上來，突然，我向天空大喊，接近瘋癲似的大喊，喊完後的瞬間我身子一軟，沒有意識的倒在陽台。

醒來後我躺在房間裡，母親正在幫我換涼額頭上的毛巾，窗外的雨水仍然不斷拍打著玻璃。

「不過失戀，你又何必這樣，好手好腳的，還怕找不到好女孩嗎，蓉她太倔強了，比她好的女孩多的是，像之前的樺啊，怎麼不帶回來給媽媽看看呢。」

母親將擰好的毛巾放在我的額頭。

「媽，別說了。」

母親好像沒聽到我說話似的繼續開口。「其實啊，你們之前這個樣子我都看得出來，蓉她呀，是很實際又很聰明沒錯，但是太不懂禮數了，每次來到我們家都悶在房間裡，你不想想看，要是以後嫁進來還得了，聰明老婆難管教啊。」

「媽，我叫妳別說了。」我坐了起來。

「說你幾句都不行，怎麼了，長大就對媽媽不耐煩了嗎，你知不知道這幾天是誰在照顧你，你知不知道——」

「好了，媽，讓我靜一靜。」我打斷母親的話。

母親氣憤的將毛巾丟入臉盆離開，那一夜我沒有吃晚餐也沒有跟家人說任何一句話。

□

隔天我回到了汐止，不論如何在出差前我還是必須要搬出去。陰沉沉的天氣將汐止稍微高一點的電梯大廈都吃進雲裡，四周的人們都皺著眉撐傘前進，我小聲的進到屋子裡，客廳沒有開任何一盞燈，從落地窗外透進來的低沉白光走不到一半。環視了一下四周，最先注意到幾雙陌生的男用皮鞋以及布鞋，電視上的相框裡的照片已不見，沙發上的麗莎與卡斯柏的黑白布偶也不在了，沙發後面牆壁貼的合照也都消失，牆上留有膠的痕跡，由於緊張讓我不由得深呼吸一口氣。

熟悉的蓉的香味竄進來，我簡直就像小偷跑進了別人家裡，是啊，這裡是否已經成為別人家裡了，我試著轉開主臥室的房門，很驚訝的沒有鎖住，我想他們大概只是暫時出門，已經變成他們了呀我想，我環視一下房間，最顯眼的是整組印有月亮和海洋的油畫床罩以及被套、枕頭套，這是我從沒看過的，感覺非常的溫暖和甜美，但床上並沒有看見阿Q。

面對這樣的改變，我的喉嚨漸漸的哽住，床頭櫃的相框也只剩下空殼，旁邊桌上除了電腦，還多了我不熟悉的男用香水以及乳液，椅子上披著一件奶油色的陌生男用外套，尺寸很明顯的比我大很多。我覺得我再也無法多看一眼，索性關上門走上樓，不出我所料，先看見阿Q，然後我的外套、衣物、書本、CD、鞋子還有躺椅以及登機箱……等等，全都整齊的擺好在貯藏室裡，那整齊的幅度已經到讓人吃驚的地步，這就是蓉的風格，分手前分手後都不會變，我想以後也不會變吧。

我蹲下來把阿Q抱在懷中，親吻了它的額頭後再將它放回原處，不能帶它走吶我想。我迅速將登機箱對半剖開，把衣物一件件丟進箱子裡，並且本能性的將蓉送給我的排除，這個時候竟然能清楚的分辨衣服是誰買的，我感到很諷刺。由於蓉送的衣服太多，我只能裝夠基本款式的衣物，將相機放進去，選幾本特別愛的書以及CD，銀行存簿、印章，基本的私人證件，然後再揹起吉他蓋起登機箱就匆促走下樓，登機箱被我拖著砰砰砰的撞擊著樓梯，肩上的吉他也一直碰壁，十分狼狽的模樣，想到阿Q躺在裡面，我的心又難受起來。

□

我在離舊的住處不算近的地方找到了新的住處，在社區的佈告欄取得資訊，上樓看屋，訂契約，簽名。找到的新套房在二十三樓，有個很大的陽台以及很大的浴室，床鋪、書桌、電視、冰箱、洗衣機以及衣櫥一應俱全，幾乎帶著衣服就可以搬進去，唯一的缺點就是火車會從樓下經過，但是在這麼高的地方，火車聲比較像是遠方偶爾傳來的有如汽車外的風切聲，不這麼令人討厭了。

房東是個慈眉善目的老太太，老太太說我臉色很差還有什麼之類的我沒辦法聽得很清楚，我的腦袋還沉在舊住處的畫面裡一句話也說不出口。打點好一切後已經接近傍晚，從二十三樓望出去，城市被染上一層有深度的藍色，簡直每個角落都被染透了的那種藍，我坐在新的床鋪上發呆，深藍的光線從陽台照進來，我向後躺進陌生的床鋪，眼睛慢慢的闔上……

「凱，我是你的什麼呢？」

蓉躺在我的臂彎揚起眉問著我，天花板掛著熟悉的水晶燈，昏暗褐色的燈光，只能勉強看得出蓉的臉型。

「喔，妳希望是什麼呢？」

「哎唷，哪有人這樣回答的啦。」

「那……要怎麼回答呢？」

「這種問題怎麼可以問我咧，我是女生耶。」

「嗯……那我想一下喔。」

「啥，還要想喔。」

「妳，妳是我的寶貝。」

「不對不對，我本來就是你的寶貝啊，下一個下一個。」

「妳，妳是我的毛茸茸小白熊寶貝。」

「不夠不夠，不夠～」

「嗯……妳是，妳是好吃到讓全世界的舌頭都融化的提拉米蘇，是讓全世界森林變得軟綿綿的鬃毛兔，然後，也是……也是我的毛茸茸小白熊寶貝。」

「呵，笨蛋。」

……我張開眼。

火車從某個方向往前方遠去，那就像沙漠的風暴聲，我聽著就像要席捲一切而走的風暴聲，淚水如霧氣般模糊了視線，我起身下樓一個人吃了兩人份的牛肉漢堡和可樂，上樓後就像掉入無底洞一般深深沉睡，淚水不知不覺已乾了。

之九／我是喜歡妳，還是喜歡那個喜歡妳的自己呢

三月初，上海的氣溫還在五度左右徘徊，路上行人都拉緊衣領畏首畏尾的走著。這段期間無論我傳遞什麼訊息給蓉，那些訊息就像是丟到火星去了般永遠沒有回音，她現在在做些什麼，是否還在汐止，是結婚了還是單身，是否還在基隆工作等等，我完全不曉得，由於手機換新，所有蓉周遭能夠牽起一點關係的朋友，我也都無法聯絡，也沒有什麼理由再去聯絡。

現在唯一可幸的是，站在這陌生的地方，陌生的景色所造成的抽離感讓回憶不至於那麼致命。這段時間內我跟好幾個女孩睡過，甚至用買的我都無所謂，連綿不絕的寂寞抽空身體，然後再用大量空虛不停的灌滿，只有重複這樣的過程，我才能感受到我還存在，而那微小的存在感支撐著我微小的生命，某天早晨照著鏡子，口紅在我臉上留下的淡淡痕跡還有身上莫名的香水味，在某種精神層面上我感到自己骯髒無比，要承認這回事實在不容易，但我的確再也回不去，我終於能明白樺所說的那微小的火焰一旦被吹熄，就永遠的消失了，我回不到那個我，真實的我也不知

道被拋棄在哪裡。

假日午後，我走外灘往浦東望過去，雲層沒有縫隙壓得低低的，景色蒙上了一層灰，東方明珠塔看不見最頂層的小球，黃浦江上不時有大船經過發出沉重的鳴笛聲，我走進外灘十二號，淡淡咖啡香飄了過來，迴廊裡非常安靜，完全聽不到外面吵雜的車聲，此時的嗅覺簡直比視覺要來得靈敏好幾倍，走到底拐個彎又出現一模一樣筆直的長廊，味道越來越濃烈，走過約三道門後，有道門上掛了塊方形金黃色的招牌，上方有金屬刻字『外灘12號咖啡廳』，我握著有如半截翅膀的金屬銅製手把後轉開門，映入眼簾的是方形黑白相間的磁磚，還有原木製的酒櫃以及相同顏色緊靠著四周都是古希臘式的石牆擺設的桌椅。

假日的午後，十分幸運的安靜，裡面只有一對外國夫婦正輕聲交談著，兩個穿著黑色西裝背心的服務生，男生站在原木吧台內煮咖啡，蒸氣冒出遮蓋住他的臉龐，女生正拿抹布擦著吧台，並沒有特別注意到我，只有輕輕說了一聲請坐，我自己自動的把門關上，有股只是走進自己飯店房間而不是走進咖啡廳的感覺，我向綁著馬尾的女服務生點了杯美式咖啡還有起司蛋糕後，就拉開鑲有玻璃的鐵框門往陽台走去，陽台面對中庭，左上方露出半截鐘樓，據說是仿美國國會大廈的鐘樓，鐘樓時針指著三點三十分，才看著它一會兒，鐘樓方向就傳來迴盪且厚實般的鐘擺聲，我閉上眼，那鐘聲簡直有如文藝復興時代穿著斗篷的修道士在泰晤士河旁的高塔上所敲下的聲響，連呼吸後胸腔都會發出共鳴的那種美麗聲響。聽著這鐘聲以及美麗的異國景象，不知為什麼，我突然想寫信給樺，我跟馬尾女孩借了紙和筆，坐在陽台旁的位置上靜靜的寫。

給 小曼：

好久不見，妳好嗎？每次開頭，好久不見這四個字，總是圍繞在我們兩個的身邊，有時候很好奇，到底是什麼樣的東西牽引又拉開妳和我呢？沒有跟妳聯絡的這段時間，發生了很多事，一時之間也不知道要從時間軌道上的哪一站開始說起，或許，故事只是故事，並不需要了解透徹對吧？我非常想念那段只有單純喜歡妳的過去，每當手機顯示妳的來電號碼，講電話聽到妳的聲音，我的心臟就無法控制的狂跳不止，有時候我會想，我是喜歡妳，還是喜歡那個喜歡妳的自己呢？當然，寫這封信不是為了告白，我們之間也許不存在告白這回事對吧，而是我正坐在上海外灘的某一處咖啡廳裡想起了妳，這種感覺很美吧？

不過我一直覺得妳是適合這裡的，優雅而深刻——不知道妳現在正在做什麼，在辦公室裡打著電腦，還是又在偷作白日夢，又或者是正坐在開往南部的火車上呢。最近我常想到我和妳分開時的那些畫面（實際上我們也常常分開），板橋車站、汐止車站等等，當妳的背影遠離漸漸變成一個小點的時候，我好像從另一個世界回到了我原本的現實生活裡，而那現實比以往更加鮮明，也更加殘酷，有好幾次我多想就這樣衝向妳構築的世界裡不回來了，雖然這樣講有點奇怪，但是在我的內心裡，妳代表了一個世界，一個我能夠清楚看見我自己的世界，我對此仍然是深信不疑的喔。

可是這段日子裡的改變，讓我並不好受，內心所堅持的信念與現實的痛楚互相拉鋸著，當黑與白撕裂後留下來的東西到底會是黑還是白呢？我突然有一點了解寄居蟹，現在的我很想躲進殼子裡小小世界去放逐妳所謂飄渺的靈魂，現實太沉重，我始終無法從自我的矛盾中解脫出來，掙脫一層矛盾又有另一層。哎呀，寫著寫著突然就感傷起來了，真對不起。上海這邊只有五度，我想在台灣的妳應該溫暖多了吧，好懷念墾丁的陽光吶，我想這次回去大概四月初了，想去久違的墾丁走走，如果妳也有時間的話，我們可能可以在那裡碰個面也說不一定喔。就此停筆了，希望妳過得很好。

凱　2008.3

寫完信的時候，天色已經暗了下來，我完全沒有想到寫這封信會花我這麼長的時間，心裡許多複雜沉痛的事我都卡在心頭上無法寫出來，蓉與我分開的事我一字也不想提，雖然沒寫出來，但那些東西卻隨著想要閃避而出現並且迴盪在心裡，我起身深呼吸一口氣舒緩一下淤塞的胸口，外頭的溫度低得讓人直打哆嗦，我把筆還給了馬尾女孩並且走進有暖氣的廳內，那對夫婦不知道什麼時候也離開了。

「先生，你要不要在這裡用餐？我們營業到八點，剛好還有義大利肉醬麵。」馬尾女孩對正在讀信的我說。我伸出手錶，六點十分，我點點頭說好，又加點了一杯美式咖啡。吧台裡的男生此時正低著頭在挑唱片，他抽出一張唱片，認真的放進音響裡按了幾下，好像是直接要聽哪一首歌，音響悠悠的傳出來 James Blunt —1973，吧台的男生隨著節奏打拍子，一副準備下班的輕鬆模樣。

「先生，你是台灣人嗎？」馬尾女孩邊擦著桌子邊對我說。

「是啊，妳怎麼知道的。」我微笑。

「不知怎麼著，你們台灣男生講話都比較溫和，聲調比較平，很容易聽得出來呢。」

「喔，是這樣嗎，那妳是上海人嗎？」

「喔不，我老家在湖南，來這邊工作的。」

「喔，有道是湘菜多元，湘女多情啊。」

「台灣男生都這麼愛瞎扯吶，來，當心燙。」馬尾女孩將咖啡放在桌子前，將裝起司的盤子收走。「湘女不多情，湘女很專情的。」她補充說，眼睛笑彎著像兩道小小的彩虹。

我笑著喝了一口咖啡。

「剛剛在寫信給你的女朋友嗎，瞧你專心的。」

因為懶得解釋什麼，所以我點點頭。

「是不是你貪玩傷了人家女生的心，在寫道歉的信呀。」

「怎麼，我臉上是寫了貪玩兩個字嗎？」

她捂著嘴笑了一下說：「我的男朋友，每次惹我生氣後都會寫信給我，他的字啊，醜得要死喏，就像蚯蚓鬥蜈蚣似的，看完都還不曉得他到底在寫些什麼，可是他的信裡面有幾個字寫得最好看，簡直就像是書法家的字，每次看完氣也都消了一大半了。」

「是對不起這三個字嗎？」我笑著說

「當然不是喏，他寫得最好看的是我的名字，還有我愛妳。」

聽到吧台的鈴聲叮鈴的響起，她轉身回去準備義大利麵。

「再借我紙和筆好嗎？」我問。

馬尾女孩將義大利麵和紙筆再放到桌上說：「寫她的名字的時候，記得要用心喔，這樣她才不會生氣喲。」我笑著點點頭。

我在紙上寫下蓉的名字，集中精神看著，我把紙揉成一團，做了幾次深呼吸，義大利麵只吃了一半，聽了七點的悠長鐘聲後就匆匆離開，從大門走出後，那三個墨青色的字就像刺青一樣附在腦海裡，一直到天空飄下毛毛細雨，那陌生的細雨，夜上海美麗的街道才讓我稍稍轉移注意力。

□

在上海我將信寄了出去後就回國，然後在初春的四月天，如新生兒的陽光在星期天早晨展開純真的笑容，我在那笑容下面把吉他和裝有簡單衣物的旅行袋丟進後車廂，隨手帶了 Travis — The Boy with No Name 專輯、Exile、Coldplay 的專輯，穿著白色麻質短褲，表面印有扶桑花的夾腳拖鞋，無袖上衣，掛著 C&A 廉價墨鏡，把 Notebook 和 Ardbeg TEN whisky 放在副座，把車子加滿油後就長驅直往南部開。

景色在遠方慢慢移動，到處存在著熟悉的場所，我坐在車內，將音響音量往右加滿，可是腦海裡的思緒沒有辦法融入其中，到處存在的場所包圍著我，一不留神就會陷入許多回憶的畫面裡，摩天輪、陽明山、新竹……這些場所是因為我曾佇留而存在，還是我本身就為了它們而存在的呢？我在台中下了交流道，並且本能性的開往AMANKING外面稍作逗留後，又繼續往南部前進，天空逐漸變得透藍，油菜花田隨意的潑灑在大地上，遠方山巒的曲線不規則的起伏，高速公路中央分隔島的矮樹叢像是一頭頭草原野獸朝反方向快速的與我擦身而過，我將車窗拉開一道縫。

Travis正唱著Closer，髮根隨風搖晃，從窗縫灌入了乾稻草的味道，陽光暈開在遼闊的天空上，我深深的吸吐幾口氣，Traivs的吉他聲持續將草原的風景搬進車內，經過了台1線的461.7公里終點標誌牌後進入了濱海公路台27線，太陽已經斜了一半，天空就像以藍色為背景的畫布被均勻的染上了橙黃，幾朵如棉絮般的雲像是鑲在天空上一動也不動，車輪下的道路延伸至高處後，藏青色的海面就浮了上來，空氣變得潮濕，鹹鹹的海水味讓心中突然有一股震顫，我有多久沒這樣看著海了呢？我開到休息區停留一會兒，直到聽著海濤聲望著海面時又不小心想起蓉後，就馬上發動車子離開。

到達船帆石的民宿區時已經接近傍晚。春吶結束後的墾丁街道仍然留有髒亂的痕跡，由於是最後一天，比較大間的民宿都還是客滿，「明天就有空房間了。」每個民宿老闆都這樣對我說，最後終於在一間離海面上那顆船帆石有點距離而且沒什麼裝潢的民宿安頓下來，房間佈置很簡單，該有的都沒有，不該有的也不會有，一張雙人床，一台老舊的電風扇左右擺動著，還有老式的梳妝台不是很舒服的傾斜著，慶幸的是有個面海的小陽台，雖然簡陋，但是一個人坐在上面彈彈吉他應該很足夠。

顧不得沉重的眼皮，也不想整理行李，我把吉他從皮套抽出來後就坐在陽台調音隨意彈了幾首，兩個帶著原住民腔調的男人在樓下喝酒喊叫著：「去他馬的春吶！去他馬的條子！」有渦輪音的跑車上放著舞曲呼嘯而過，把掛在陽台上的風鈴吹得叮叮作響，遠方只剩下一個小點的船帆石，像極了歸港的小船在暮光中搖搖晃晃，空氣安靜中帶有淡淡的憂鬱，我練習彈了一首 Wake me up when Septemper ends 後，就在陽台的躺椅上深沉的睡了。

「你回來了喔，等一下可以吃飯了。」蓉站在廚房轉頭對我說。

「我好餓喔，快點快點。」

「你是豬喔，要快就過來幫忙。」

「等一下嘛。」

「那我不要理你了，慢慢等吧。」

叮鈴叮鈴。

「妳看，這是什麼呢。」我把包包裡的手鍊湊到蓉的耳邊晃動著。

「哇，Swarovski 的水晶手鍊耶，為什麼要送我呀？」

「妳不是想要很久了嗎？快戴戴看——好好看。」我說。

「當然囉，要看戴在誰的身上啊。」

蓉搖晃著她的手臂神氣的笑著。

叮鈴……叮鈴……

……叮鈴……叮鈴

陽台上的風鈴不停的作響，從落地窗縫送進來的風將白色紗簾拂動起來，像少女的裙襬一般飄逸著，光線透了進來貼在我的小腿皮膚上，感到有些發燙，海不斷在遠方用沙啞的聲音唱歌，我從夢中醒來，「媽的，又夢見了。」

我嘀咕著，每次的夢境都非常真實，這次的夢真實得讓我幾乎認為旅行袋裡就有 Swarovski 的水晶手鍊，我從床上爬起來，全身都是汗濕答答的，時間已經是下午兩點，我走到陽台，下午的太陽光強得誇張，天空像是用無數透明的藍層層疊構而成，在那上面一片雲朵也沒有，海的氣味竄入鼻腔，每深呼吸一口氣，胸腔都會有一陣沁涼，我下樓去發動車子往墾丁大街前進，腦海裡有些在這裡的片段回憶畫面，想就任它們帶著我走。

大街上除了清潔隊在打掃街道外沒有幾個人，安靜得不可思議的大街，很難想像前兩個晚上是擠到水洩不通人山人海。我在 AMY'S CUCINA 點了份海鮮披薩和一罐 Carlsberg 啤酒，店裡飄出 Bossa Nova 的輕音樂，吃完了披薩後發覺食慾大增，又點了蔬菜沙拉和培根捲，結果最後是以吃不下收場，這時候蓉要是在的話我就會被罵死了吧，我搖搖頭，責備又想起她的自己。

車子開到南灣，我下車坐在南灣的沙灘上，風有些強度呼呼的吹著，近灘附近有幾個皮膚黝黑的男生趁著這強風在海上衝浪，其中一個身高比較矮的男生，在浪頭上站了起來瞬間又跌進海面，發出啵的一聲，衝浪板衝得的高高的，陽光持續讓身體發燙，後面的包子樓傳來吉他的聲音，但不是很清楚在彈什麼，只是持續有弦振動的聲音，像飄在空氣中的羽毛一般輕，我讓十隻腳趾都埋入微燙的沙裡，仰望天空，深呼吸一口氣，這感覺好像要跟這世界做了什麼連結般，混沌的心漸漸透明起來。

車子繼續往前，春天的南方到處都是初夏的光景，投射在柏油路面上的陰影很深，人們一個個瞇細了眼交談著，好像在用我不懂的語言一般，我把車停在恆春街頭的一角，然後漫無目的地閒晃，吃了一碗豆花冰，跟經過的軍用悍馬車打招呼，用路邊的水龍頭洗臉，走到春成書局買信紙和筆，不知為什麼一直想寫寫東西，然後到隔壁月光咖啡點了杯冰咖啡，店裡吹著舒服的冷氣，Michael Buble 唱著 Quando,Quando,Quando，還有我很喜歡的女歌手 Nelly Furtado 的歌聲。

陽光毫不猶豫的從門口流洩進來，光的河流中飄過一些棉絮，我坐在角落的位子上，拖著腮，紙筆放在面前，長型玻璃杯流著汗，我整理一下思緒，想寫的不一定是信，但就想寫些文字給蓉，整理了很久，卻還不知道怎麼下筆，轉了幾下筆桿，我決定用『跟妳分開的這一段日子』作開頭，以『不說再見了』作結尾來寫這篇用來打發時間的信。

Dear 蓉：

跟妳分開的這一段日子，我的人生就像調色盤上的許多油彩被毛刷隨意的弄混在一起，最後穩定下來的顏色到底是什麼我也不知道，許多東西都糾葛在一起了，在妳按下了那顆按鈕後，火箭發射了，系統失序了，病毒入侵了，一切都變得不一樣，就在我還以為什麼都一如往常的時候，外星人就拿著雷射槍衝進門口了，世界大亂。

我們啊，不算是很適合的一對，我好動，妳安靜，我浪漫，妳實際。雖然一起走了這麼久，我還是只能這樣簡單的談妳，其實，我一點也不了解妳吧，妳心裡一定常常有這樣的對白是吧。每次想到妳之前提及潛意識的事情就覺得很生氣，因為妳是如此的了解我的狀況，在妳的眼中，我好像在演什麼肥皂劇般幼稚，我很生氣，氣自己到現在還是如此的想念妳，想念妳的不只是我，還有夢中的我，潛意識裡的我，全部的我被妳佔得滿滿的。

當初一直追求的真實的我變得一點也不重要了，或許那根本就沒有存在過，就像追著天邊的雨中彩虹，只能穿梭它卻沒辦法擁有它。我最近常常擔心睡著後的夢，因為妳總是非常真實的出現在夢中，每次醒來我都必須用力的敲打床面，有時候敲打辦公室的桌子，有時候是飛機座椅上的扶手，什麼都不能敲的時候就敲自己的腦袋，但是留下的只有疼痛還有妳的殘影，把文字寫給妳是很煎熬的事，讓我的頭又開始痛了。

那，就到此停筆，本來想寫個結尾，但是因為不知道妳是否會想跟我見面，而且對我們來說再見這個詞也許太沉重，那，不說再見了。

凱

我把信紙隨意折了幾疊放進口袋裡，心想這封信大概也寄不出去吧，我待了很久，等到外頭的陽光已經斜到建築物後方我才離開。有些外國背包客剛從對面的巴士站下車，正拿著地圖東張西望的，學校的鐘聲傳了出來，路上的摩托車聲也漸漸多了，大概是接送小孩放學吧，這裡不僅是觀光地點而已，也是一般的城鎮吶。

我上車在恆春附近繞圈子，東城門、北城門，到處有當兵時坐著吉普車經過的痕跡，開出了恆春市區後，我往四重溪的方向去泡冷池，接著吃簡餐，然後又開到出火，坐在那望著因為沼氣而從地面上冒出的火發呆，旁邊有兩對大學生情侶正在放煙火還有烤爆米花釋放陣陣香味，面對大自然的火焰不斷的燃燒著，我的心莫名容易安定下來，想像所有事物經過燃燒後變成美麗的綣煙往無垠的天空飛去的模樣，讓我不禁的深深吸氣，我們都會變成那綣煙吧，而浮在粗石礫上方閃動的火焰好像代替我的心浮躁著，不停的重複遠古時代就保留下來的神旨，我蹲坐在淡淡的火光旁細讀著寫給蓉的信一直到太陽被黑夜吞沒後才回去。

第二天的傍晚在出火遇到了一對情侶背包客，他們很親切的請我吃烤地瓜，因為他們倆都是南部人，所以決定讓墾丁成為結束背包客生涯的最後一站，接下來就要一起回台北結婚，中間他們待過日本北陸，也走過尼泊爾、不丹、菲律賓群島，最南到過紐西蓉，但最後卻選擇在這個小城鎮譜下終曲，讓我覺得很浪漫。

他們說墾丁是他們最初也是最美的回憶，我到車子裡拿了 Travis 專輯和 Ardbeg TEN whisky 想送給他們當作新婚禮物，他們婉拒了，後來在我的堅持下才收下了 CD，而我當下決定讓今天成為 Ardbeg 的開瓶紀念日，他們說聲不好意思後就拿著小鐵杯和我一起共飲，沒想到地瓜配著 whisky 的味道真是出乎意料的好，就像今天的邂逅一樣他們說，最後，在他們要騎單車離開之前，留下了紙條給我，請我一定要參加他們的婚禮，在他們幸福的背影逐漸遠離時，我讓那紙條飄進了那遠古的神旨中，接觸的那一瞬間化成美麗的綣煙向天空快速飛去，我望著晚霞，起身進入車內離開。

第四天的午後我換了一間民宿。這間叫作伯利恆的民宿離船帆石非常近，每層樓從外面看起來都有很舒服的陽台，本來想訂最高層三樓的雙人套房，但是老闆娘說已經有人住，後來只好訂二樓的四人套房，裡頭有兩張寬闊的雙人床，佔滿整個房間的木質地板，重點是有一個仿希臘式的乾淨廁所，雖然對我一個人來說是大了點，但是由於平日，價格非常的漂亮，所以我毫不考慮的付了房費。

「為什麼取名伯利恆呀？」我問老闆娘。

「伯利恆是耶穌出生的地方。」老闆娘將老花眼鏡拿起來仔細的朝我看了幾眼，一樓大廳的風鈴清亮的響著，我等待她繼續說下去。「其實，墾丁是個有很多悲傷的地方，許多失意人從四面八方來，在這邊釋放悲傷的情緒，恢復後就隨即離開，我看過太多了，這年頭的年輕人有太多的故事。我將民宿取名叫作伯利恆，也是希望這聖潔之地能稍稍撫平你們的情緒，獲得那麼一點點救贖也好，畢竟，人生啊，還很長。」

「救贖……」我低頭重複這兩個字。

「這是房間鑰匙，已經整理好了，可以隨時進去。」

「謝謝。」我說。

「祝你有美好的兩天。」老闆娘說。

「妳也是。」我說。

行李放妥後，我拉開落地窗的紗簾，船帆石附近傳來幾台水上摩托車和海面碰撞的聲音，還有女生尖叫聲，天空不再像前幾天那樣炎熱，太陽從雲層縫隙穿插著光線，但是也沒有要下雨的味道，隨機排列的雲朵很輕柔的移動著，而陽台很寬，擺放著兩張藤製小沙發還有一個圓桌，風拂過臉頰涼涼的，海有節奏的拍打著沿岸礁石，我望著這風景突然食慾湧了上來，於是我下樓開車往市區前進。

□

今天黃昏的天空很美，就像天使翅膀般的卷狀雲掛在天空被夕暮暈開，靜靜望著那橙橘色的光亮時，都會覺得自己渺小得不可思議。我到恆春的超市買火鍋料，魚餃、蝦仁、肉丸、蔬菜等，還買了半打 Corona 啤酒，我完全不考慮幾人份的大肆採購後就開車往伯利恆前進，在途中我把車窗都搖下，然後好像要讓路人都聽到音樂般的音量放著 EXILE — Ti Amo。

今天的風用溫柔的姿態玩弄著我的髮，在經過歐克山莊的轉彎處後我看見遠方有一輛黑色 Mazda 跑車，Mazda 連雙黃燈都不閃就不客氣的放慢車子速度，由於我的車速也很快，我以冒冷汗的 Timing 將方向盤用力轉動閃過 Mazda 超車過去，我瞪了駕駛一眼，不過他好像完全不知道後方有車的樣子正往路邊看著，好像在跟人說話，怎麼開車的這傢伙！我輕罵了一聲也放慢速度往右方後照鏡看過去，原來那車的旁邊有個女孩，大概是搭訕吧，我不以為意正準備踩油門加速離開時，腦袋裡突然閃過那女孩穿的衣服樣式——是洋裝！

難道，難道是她，我緊急的把車停到路邊，開車門下車往後方望過去，由於道路的地勢較低，只看見 Mazda 緩緩的開過來，該不會被載走了吧我想，Mazda 開過來也閃避我的車往前走，駕駛也瞪我一眼，不過副座沒有人，我的思緒一下變得空白，我慢慢往她的方向走，左方如火燒般的雲彩映照在海平面，不可思議的美麗暮靄景色，風從前方徐徐吹了過來，我已經清楚的看見她。

她壓了壓筆直幾乎及背中央的長髮和藍色碎花荷邊裙襬，手揹著小藤草包，腳踩著白色高跟鞋，我站在那一動也不能動，她走到我面前停下腳步，眼神似乎夾在陌生與熟悉中間朝著我看，抿著嘴唇，臉上掛著淡淡的微笑，從我後方的車內 Ti Amo 不停的大聲播放著。

回憶的風不斷吹拂過來，我深呼吸然後緩緩的開口對她說第一句話。

「小曼。」

之十 生命本質上便懷有重要的匱缺，並從他者的存在而完滿

「好久不見。」

樺微笑著對我說熟悉的第一句話。她用右手壓著我從來沒見過被風吹動的飄逸長髮，那眼神也輕得像海面上的風，她瘦了，走路幾乎有點輕微搖晃。我發楞的看著她，什麼也說不出口。

樺見我呆住了於是又開口，「我可以……可以搭個順風車嗎？」

我回過神，「可……當然可以。」

我和樺並肩往車子的方向走去，本來能再見到小曼的機會就很渺茫，而這樣的相遇方式更是始料未及，我的身體突然有些不協調，差點沒同手同腳的走路，就連呼吸節奏也變得怪怪的。

「到哪呢？」坐進車內後我問她。

「伯利恆。」她說

我睜大眼睛看著她。「伯……伯利恆，難道妳就是住三樓的那個房客？」

「咦，你怎麼知道。」

「因為，我住二樓啊。」

車內頓時充滿了兩個人的笑聲，我看著樺淡淡的笑靨，卻覺得有些心疼，那笑靨下好像藏有什麼東西，從眼神我更能確信那深深的地方有我看不見的，那麼，樺是否也感受到我的心事呢？

□

到了伯利恆，我邀樺共進晚餐，由於火鍋料沒有節制的買，陽台桌子上的擺料非常豐盛，圓鍋的上方不斷冒著蒸氣，鍋底咕嚕咕嚕的響著，今天的風稍微大了點，混合著海潮聲舒服的飄進來，夕陽已經沒入海平線，剩下晚霞以極盡狂野又即將終結的姿態在我和樺面前燃燒著，我將Notebook打開用小音量播放著Coldplay的專輯，把房間內的燈關掉，只留一盞陽台的鵝黃燈，樺帶了一瓶MOET香檳下來，高跟鞋放在一旁將雙腿彎曲在小沙發上慢慢拉開瓶塞，小腿的皮膚透著光澤，我用湯匙攪拌著火鍋，眼睛在美麗晚霞海景和樺之間打轉，一時之間不曉得該選擇放在誰身上。

啵的一聲，瓶塞飛了出去，樺小聲的驚呼，瓶口的純白細緻泡沫溢了出來，樺將我的透明玻璃杯倒滿一半高，香檳的顏色從玻璃杯透了出來就像晚霞一樣漂亮。
「乾杯。」
「乾杯。」
我和樺都各喝一大口，微醺的氣味竄了出來。
「我們，有多久沒見面了呢？」
我問，順手幫樺舀了一小碗湯，把火轉小了點，蒸氣不斷被風吹得搖晃，音樂輕得彷彿也在搖。
「呵，這應該問你，你的記性比我好多了。」
「一年三個月十二天又七個小時。」
「騙人。」樺笑著說——看著她的長髮彷彿就能感覺到花香。
「搞不好很接近喔。」我咬下一口丸子，又喝了一點湯。
「那，我從上海寄的那封信，妳有收到嗎？」
「有，其實我也一直想來墾丁走走，這陣子要換工作想要考公務人員，所以就讓自己放了長假，但是因為春吶讓我緩了兩天下來，人擠人我可吃不消吶。」
「我也怕人多，而且真的很巧，我本來已經放棄能跟妳見面的希望了呢，我在這都待四天了。」

「那是因為你又不寫確切的時間，誰知道你什麼時候來啊。」

樺從鍋子裡挾了高麗菜出來放進碗裡。

「這樣才有宿命性的感覺。」我笑著說。

「呵，一切都是註定的嗎？」樺用上飄的眼神看著我。

「是啊。」

「曾經看過一句話。宿命論是那些缺乏意志力的弱者的藉口。」樺說。

「好像是羅曼．羅蓉說的，我想，也許他沒有想到，在這世界要當強者有多不容易，我們都是弱者吧。」

「嗯，從一開始就註定是了吧。」樺的眼神又沉下來。

「今天跟以前一樣嗎？」我岔開話題問道。

「什麼？」

「從墾丁大街走到船帆石啊，不過今天沒有看到妳光著腳丫子拎著高跟鞋。」

「是啊，其實我很後悔，差點就要坐上那台黑色的車子了。」

「還好，那個痞子差點破壞了我們宿命性的相遇。」

樺笑著喝完湯，她吸吐了一口氣，將身體塞進小沙發裡靜靜的望著遠方海面上快要結束的光點，好像很需要沉默，我從火鍋冒出的白霧中穿透看著樺的側臉一陣子，她才又緩緩的開口。

「凱，等一下彈吉他給我聽好嗎？」樺指了指放在陽台的吉他說。

「嗯，好。」我點點頭，不再多說什麼。

吃飽以後我將火鍋和電磁爐放進房間裡，圓桌上只剩下一半的MOET香檳以及半打Corona啤酒，樺將杯子裡的香檳喝完，我又幫她倒了一杯，並且把吉他抱起來調音，樺撿起我在出火買的仙女棒，抽出了一根，用打火機點燃，火花瞬間點亮整個陽台空間，那光亮嘶嘶的響著，我將Notebook闔上，音樂暫停，我開始彈第一首歌Coldplay — Yellow，樺隨意的轉動手中的火花，就像童話故事中的小仙女在變魔術一樣。

Look at the stars
Look how they shine for you
And everything you do
Yeah, they were all yellow……

唱完以後，樺輕聲鼓掌，並且將腳彎曲起來，下顎靠在膝蓋上，用雙手環抱著小腿縮在沙發裡，火花已熄滅。

「還想聽。」樺說。

「想聽哪一首歌？」

「你彈的我都想聽。」樺的臉持續望著遠方，長髮遮住了她的耳朵。

我隨意撥了幾條弦後，用Pick刷下前奏，彈了一首五月天——愛情的模樣。

你是巨大的海洋　我是雨下在你身上
我失去了自己的形狀　我看到遠方　愛情的模樣
你是誰　叫我狂戀　教我勇敢的挑戰全世界
在一樣的身體裡面　一樣有愛與被愛的感覺
我愛誰　已無所謂　沒有誰能將愛情劃界限
在一樣的身體裡面　謎樣的魔力卻是更強烈……

「這首歌很好聽。勇敢的挑戰全世界，歌詞很美。」樺輕啜了一口香檳。

「很美，可是很夢幻。」

「美麗的信念都很夢幻，可是沒有夢幻的事物，我們都活不下去對吧？」樺淡淡的說著。

「嗯，這首歌是我剛學吉他的第一首歌，每次聽這首歌也都會想起很多事情。」

「再彈好不好，我喜歡你的琴聲。」

樺又抽出幾根仙女棒，點燃後將它們排列插在陽台鐵架的縫隙處，一下子，我們的周圍都佈滿了火花，金黃光亮讓樺的臉龐顯得更楚楚動人，她又以原姿勢坐回小沙發，用雙手掌抱著大杯子喝香檳。

而後，我彈了Green Day — Wake me up when September ends，彈完後我將香檳喝完，身體和手指都發熱，感覺很順的情況下我又開始彈，The Verve — Lucky man，Oasis — Stop crying your heart out，在彈Stop crying your heart out的時候突然閃過蓉說話的模樣，可能是因為酒精的影響，我幾乎就要哽咽，彈完以後，我拿開瓶器打開了Corona，將已切好的檸檬片塞進去又喝了一大口，樺沒有說話，周圍的火花逐一熄滅，就像在倒數什麼一樣，當最後一支熄滅時，我突然感覺哀傷，黑暗竄了進來，海潮聲也變得好清楚。

「妳跟妳男友還好吧？」

我抱著吉他轉頭問樺，糾結一整個下午的話，因為酒精的關係衝了出來。

樺沉默了一陣子，又點燃一支仙女棒搖晃著。

「那你和她呢？還好嗎？」樺選擇了反問。

我撥了F和弦三個拍子，吸了一口氣。「我和她分開了。」

「什麼，怎麼會這樣？什麼時候的事情？」樺轉過頭來，一臉驚訝的表情。

「年初的時候，剛從上海回國，很多事情都改變了，來不及反應就已經改變。」我簡單的描述。

樺點點頭，繼續默默喝著香檳。

「感覺好像變了一個人似的，有時候我會不曉得我是誰，那天晚上提出分手的時候，我感覺腦袋裡的插頭好像瞬間被拔掉，所有基本的生理機能都亂成一團，就像在垃圾桶裡被揉成一團的紙，所有地方都起皺了。」

本來想再講當時發生的事，但是一時之間也不知道從何說起。

我把 Corona 喝完，又彈了一首 Bob Dylan — Knockin' on heaven's door，樺也跟著一起輕哼著。

Mama,take this badge off of me
I can't use it anymore
It's getting dark, too dark for me to see
I feel like I'm knockin' on heaven's door
Knock, knock, knockin' on heaven's door
Knock, knock, knockin' on heaven's door……

唱完後，有了好一陣子的沉默，但大聲唱歌的感覺很好，我感覺胸口舒服多了，於是又開了一瓶 Corona。

「你女友，曾經用你的 MSN 跟我聊過。」樺說。

我睜大眼望著樺，心想，是啊，我和蓉有一台共用的電腦，我們都可以隨時登入對方的 MSN。我刪掉樺的 MSN 也是分手前不久的事情而已，所以她們聊過應該不是奇怪的事，只是我都沒有想過。我靜靜的等樺開口，又喝了一點 Corona。

「她跟我說了很多，我本來差點又忍不住想來找你，跟你聊天，跟你一起出去走一走是件很美好的事喔。但是當她跟我說她為了你拿掉小孩的時候，我嚇到了，同時也非常的自責。你本來是應該走在通往幸福的道路上吶，我們，我們到底做了些什麼恐怖的事情呢。

「她也跟我說了很多關於你們後來的事，關於你的猶豫，你的軟弱，還有你們一起去看心理醫生的事，這些都是我所不了解的你，我更害怕，如果再這樣下去讓你選擇了我，我沒有自信像她一樣跟你生活在一起，跟她比起來，我是多麼任性又倔強。」

樺將手中的香檳喝完，我開了一瓶 Corona 放在桌上，抱著吉他吸了幾口海的氣味，她乾咳了幾聲後又開口。

「其實，在我的生命中充滿許多不確定感，你之前這樣喜歡我，我都一直想問你，到底喜歡我什麼，我是一個沒有光彩的人吶，就連剛開始跟我男友在一起的時候也是，我總是一直追問著他，到底為了什麼跟我在一起，喜歡我什麼呢，我總是喜歡問為什麼，但卻總是回答不出一個所以然。這一點，你的女友就比我強好幾百倍，她曾經要我幫你一個忙，希望我盡快做個決定，她告訴我說你正活在地獄裡，你一直活在天使幻想裡的過去無法自拔，如果我能決定的話她會成全我們，這樣你也能實現那幻想走進真實，如果決定捨棄的話希望我盡快離開消失，這樣你也能從幻想走出來，所以，我選擇了消失，因為我能感覺到，她自始至終都在替你著想。」

樺把桌上的 Corona 拿了起來喝，我的眼眶已經些微濕潤，鹹鹹的海風吹過來，我聞到淚水的味道。

「所以，聽到你們分開了，我很訝異，我一直以為你們會走到最後的，一直以為，我只是你生命中的過客，她才是你生命中的駐留者，沒想到——」

「駐留者……蓉應該是我的他者。」我切斷樺的話。

「他者？」

「日本作家吉野弘的詩詞，我只記得開頭那一段，印象很深刻。」

我整理一下因為微醉而混沌的思緒，聽了幾回海潮聲後，緩緩的開口。

「生命，可能是無法以自身之力成功的完滿，而是被創造出來的，好比花，就算將雌蕊與雄蕊聚集也不足夠，仍需昆蟲與微風的造訪，連繫起雌蕊與雄蕊的關係，生命本質上便懷有重要的匱缺，並從他者的存在而完滿。

「或許，蓉是我生命中擔任蝴蝶角色的他者，我是種子，她將我帶到了一個地方就必須要將我抖落下來，同時，她也是個隨風飄蕩的種子，而我是她生命中的微風，為了她生命的完滿必須要將她吹送到能夠滋養她的地方去。」

語畢，我們之間就插入了空白，靠近樺桌上的酒瓶也空了，她的頭低了下去，長髮像瀑布一般遮蓋住樺的臉龐，她雙手仍緊緊環抱著小腿，然而我的喉頭一陣苦澀，樺說的話在我腦海裡不斷縈繞著，我咬著下唇又深吸了幾口氣，覺得還是抑制不住想哭的衝動。

我把吉他放下就走向浴室，打開水龍頭捧著水一直不斷的往臉上潑，眼淚稍稍的溢出，馬上又被自來水覆蓋掉落然後漩渦狀的進入排水孔，我的雙手手肘撐在洗臉台上，看著鏡中的自己一會兒，雙手用力的拍打自己臉頰，然後用毛巾擦乾臉後走出浴室，甫走出門口，我就被眼前的畫面嚇到，樺站在浴室門口用惺忪的眼神直勾勾的望著我，光著腳丫的她身體些微的搖晃，是醉了嗎？她的V領洋裝胸前的四個鈕釦不知什麼時候已鬆開了三顆，黑色胸罩的蕾絲邊毫不掩飾的展現讓人會臉紅的性感，筆直的髮散落貼在她形狀美好的胸前，我第一次看見樺這個樣子，身體不自然的僵硬起來。

「小曼，妳……怎麼……」

不等我說完，樺的雙手環抱住我的脖子，撲向我的身體，嘴唇湊了上來，幾近貪婪的向我的唇探索，纏綿的兩片舌尖不停的打轉，我雙手扶在她纖細的腰上，薄得不像話的藍色碎花洋裝，我幾乎感覺是在撫摸樺的裸體，她勾著我往前，我們的雙唇還緊緊貼在一起，我們接近飢餓般的吻著，嘴唇已經微微發疼，但她還是不要命的索求。

我們慢慢移動到了床邊，樺向後一躺也勾著我壓在她身上，海風微微的從落地窗口吹送進來，帶著沁涼吹拂我們的雙腳，我的胸口卻是一團火熱，我朝著樺的柔軟頸子吻去，持續的往下，樺抱著我的後腦勺，我吻到散發花香的溫暖胸前，樺先是輕聲的呻吟，後來漸漸發覺樺的胸不規則的在抽動著，我感到有些不對勁，接著，就傳來哭泣的聲音，我撐起身體，樺哭了，她伸手又把我抱回去，緊緊的抱著我哭了。

「他走了……他走了……嗚……」

我嚇了一跳，連忙側躺在樺身邊，用手擦拭從她大眼睛不斷流出的淚水。

「怎麼了，是誰走了，別哭，別哭。」

「阿杰……阿杰他走了。」樺哭到不停的抽搐，我已經不知道如何是好。

「是妳男友嗎？你們怎麼了，別哭別哭。」我輕拍她的胸口，從床頭抽了幾張面紙幫她擦淚。

樺的情緒還是沒有平穩下來，我怕她因為抽搐而喘不過氣來，所以拿了枕頭塞進她的頸後，然後倒了杯水陪著她喝，樺仍然不停嗚咽的哭著。

「好了，先別想這麼多了，先喝水，別哭。」

我不斷輕拍樺的胸口，樺仍然持續哭著，安撫了好一陣子，餵了樺幾口水之後，她的抽搐動作才漸漸變小，也深呼吸了好幾次。就這樣躺了許久，樺慢慢撐坐起來，將視線移轉到陽台的方向，用手擦掉最後的幾滴淚，我也陪坐在她的身邊，一直握著她的手，一邊撫摸她額前的髮，到底發生什麼事我還一頭霧水。

我們沉默了很久，我一直在想到底發生什麼事，樺的呼吸漸漸順暢後，她吸吐了幾口帶著顫抖的氣，然後才緩緩開口。

「離開你以後，我也決定要跟他分手了，但是他不肯，於是他不斷的用盡各種方法求我，下跪，在我家門口等我，聯絡我周遭的朋友來找我，一直到他的爸媽從台北下來求我，我才心軟，但是，在一起後還是常常吵架，他很愛我，也把他的時間都給我，對此我總是感到窒息，後來我又開始躲他，我越是躲，他越是變本加厲的找我，在吵架的時候，也經常把你搬了出來當作吵架的藉口，這讓我很抓狂。」

「我？他知道我嗎？」我感到有點錯愕。

「嗯，他都知道，他會查我的手機，也會看我的 MSN 對話紀錄，這些壞習慣讓我很受不了，但他也有好的一面，他雖然知道我和你的事情，但是就我知道的，他並沒有去打擾你對吧，反而是努力證明他對我的愛是深刻的，他，他是我第一個男朋友，也是我第一個男人，他用他的方式在愛著我，他沒有錯，真的沒有錯，只是我的個性和他真的不適合，只是這樣而已，可是他卻……」

樺說到一半，伸手拿了杯子又喝了一口水，用食拇指捏了捏眉間。

「那麼後來呢？你們發生了什麼事？」

我問完後，樺就陷入沉默，這段時間的空氣彷彿就要凝結起來，只剩下大海規律的聲音，她轉頭一直保持同樣的姿勢望著窗外。紗簾飄了起來，也吹動她的髮，她用手整理了一下耳邊的髮然後說：

「跨年後的第一天深夜裡……他拿著剃刀……在我家附近的公園裡……割腕自殺了……」

樺支吾著把話說完，又低下頭去摀著臉嘆氣。

自殺？！

我的背部一陣冰涼，這個不祥的字眼在我生命周遭是第二次出現，第一次是大學室友把我從睡夢中叫醒，說他的親哥哥想不開尋短，要我趕快騎車送他去車站，路上昏昏沉沉的我還不曉得事情嚴重性，邊騎邊在心裡碎唸好累，直到他打電話給我謝謝我送他去車站時，我才知道他哥已經過世了，原因是憂鬱症上吊自殺。

我當時的表情也大概像現在這樣吧，眼睛瞪得大大的，胸口的心跳幾乎能聽得見，完全不知道該如何是好，生命的消逝是如此輕，輕得那麼無法承受。酒醉的感覺都煙消雲散，我長長的嘆了口氣，命運竟在今年跨年時發生了可悲的巧合。

我突然感覺頭暈，低頭壓了壓太陽穴，樺向後靠在床頭，若有所思。

「他沒有留下任何的遺書，或是訊息嗎？」我問。

樺搖搖頭，「沒有，我知道的時候已經是隔天中午，警察說屍體到了早上才被發現，我趕到醫院的時候被他的媽媽狠狠的甩了一巴掌，然後什麼也沒說的走了，也不讓我去看他的遺體，但，或許我自己可能也沒有勇氣去看吧，喪事全程他家的人也都不讓我參加。」

我點點頭沒有說話。

「出事之後，我沒有掉過一滴淚，其實並不是感覺特別難過，與其說難過倒不如是說震驚。沒想到後來胸口總是悶悶的沉重，甚至也會刺痛，睡眠品質非常的差，食量幾乎趨近於零，我爸媽甚至帶我去收驚也沒什麼改善，後來又想要抓我去看心理醫生，我拒絕了，我認為自己是正常的，怎麼樣也不肯去醫院，所以那時常常和他們吵架，唉，真是一團糟。」

樺又擦了新流出來的淚水，我的手輕拍著她的背。

樺喝了口水又繼續說：「前幾天，是他的百日，我跑去台北硬是去他家裡上香，或許他家人的氣也消了大半，不是很強硬阻止我進去，本來以為上完香心情能夠平復一些，可是上完香後我卻感到心煩意亂，尤其是看著牆上那黑白照片，我更感到想要嘔吐，那照片裡的人就像要衝出來似的，所以，我很狼狽的離開他的家，直接從台北來墾丁，不想回家，也不想遇見任何人，路上除了售票員、便利商店工讀生之類的也都不想講任何一句話，然而會遇到你，和你坐在這邊聊天更是不可思議。

「剛才當你離開陽台走進浴室時，不知為什麼，我靜靜的咀嚼著你說的話，想像你所構築的畫面，突然間我想要試試看，我想著吻你的畫面，想著抱你的畫面，我覺得我可以的，我想要吻你抱你，想給你，就只是如此單純的想法而已喲，剛開始也進行得很順利，我很舒服的喔，感覺一切都很美好，但心裡隨後而來的是羞愧，我甚至懷疑我是不是在利用你為我做些什麼。

「然後我又想起了他，想著想著，眼淚就崩潰了，我不是故意的，只是沒有想到就這樣哭了，對不起，我真的不是在利用你，我也喜歡你，甚至，你也佔有了我人生很重要的一段回憶，我不知道為什麼，可是——」樺說到這，我把她的話打斷沒有讓她繼續說下去。

「嘿，小曼，這些並沒有什麼對與錯好嗎。我很高興妳哭了出來，就算是利用我，我也很高興，雖然我不知道這樣算不算讓妳釋放，但是我很希望妳能說出來。其實，我沒有辦法感受身邊的人就這樣死去的感覺，我無法為妳做些什麼，因為再怎麼樣的真理都無法完全治癒失去的哀傷，但我想說的是，如果我能的話，就算有那麼一點點鏡花水月，我都樂意，因為，我也是希望擁有那麼一點點。」

「這樣就夠了，不管怎樣，謝謝你。」樺將頭靠在我的肩上深深嘆了口氣。

「愛情，真的必須如此讓人折騰嗎？凱，我感覺我連作為一個人都沒有資格了，一點力氣也沒有，你說我們……我們還有什麼資格去愛一個人嗎？」樺淡淡的說。

關於樺這個問題我沒有回答，因為心裡也沒有答案，我們好像有默契的讓房間充滿響亮的海潮聲，聲音不停的不停的波浪般湧進來，陽台的光線昏黃照射進來貼附在床的一角，坐在床上的我們都沒有說話，風有些涼，樺將白色涼被覆蓋在小腿上，頭靠得更緊了，幾乎要把耳朵貼在我的心上。

霎時我的腦袋變得很空曠，好像所有的話都說盡了似的，心很空曠，身體有些輕飄飄的，那不是悲傷，不是快樂，也不是放手，更不是追求，而是此刻沒有想要再為人生多解釋一些什麼，時間的河流仍然從眼前不停的穿梭著，我什麼也不想抓住，也沒有什麼可以失去，從陽台飄進一片落葉，嗒的一聲貼在木板地上，我閉上眼，想像雲霧散開，星空發亮，海潮搖擺，然後幾乎是本能性的輕聲說：

「小曼，我們做愛吧。」

樺雙手把我抱住。「我也想。」

我的雙手扶在樺的肩上，我們四唇相接，輕得像兩片羽毛互相碰觸，與剛才的炙熱感不同，我像是在保護珍貴的寶物般吻著她，有任何的損傷我都不允許，樺起身站在床上，將黑色胸罩解開背扣抽了起來，雙手彎曲到背後拉下拉鍊，洋裝滑溜溜的掉了下來，我嗅到一陣芳香。

昏暗的房間裡，呈現在眼前樺的胴體，那不是可以燎原的性慾之火，而是高掛在夜空中的美麗月光，純粹，輕巧，白皙。她慢慢的躺下，我花了好長的時間，吻遍了樺的全身，頸間、鎖骨、乳尖、腹部一直到最私密的深處，碰觸每一吋肌膚我都抱持著超乎想像般的謹慎，就像是在面對聖物一般，輕柔的撫過、吻過、咬過，謹慎得幾乎就要出汗，當她靈巧的手指握住我的陰莖時，我全身瞬間像是通過電流一般顫抖了一下，她將我的陰莖往她的私處送去，閉上眼，微笑的點點頭，我繼續吻她，然後慢慢進入樺的體內。

樺輕輕蹙眉，我閉上眼，想像海洋燃燒，想像陽光從椰子樹縫隙穿透，想像金黃色的稻浪，那溫熱不可思議般的包圍著我，讓我不由得往她的身體貼附上去，樺的身體有些冰冷，剛好緩和那溫熱，我們時而快時而慢的做，我們的汗水、唾液混合在一起，慢慢交織著空前的美好，不過美好的時間只維持了一陣子，就當我雙手扶著她的背將她抱坐起來，並且激烈的抽動後射精時，在射精前的瞬間腦袋卻閃現與蓉做愛的畫面。

霎時間，我感覺幾乎就像是抱著蓉的身體，她回來了，以一種超脫的意念導引我射精，射精後我感到非常無助，生理與心理同樣的無助與軟弱，我真的無法再去了解什麼，就像沙風暴將城鎮完全淹沒改觀，以為是城鎮，現在卻是一望無際的沙漠。我努力嘗試想像樺當時在高中校慶時的笑容，那如春天微風的笑容，它還在，就在眼前不遠的地方，可是到底是什麼變了，我的心像被緊抓起來似的痛，我的側臉貼在樺的胸前，雙手緊抱住她，手指幾乎就要陷入樺柔軟的肌膚裡，我是如此的喜歡著她啊，怎麼會這樣，當內心想到『怎麼會這樣』時，眼淚完全失控的跑了出來，好像在呼應些什麼所做的必要，樺或許也感覺到胸前的濕潤，低下頭吻我的髮，撫著我的背，我們什麼也沒有說，就這樣赤裸著擁抱了好久好久，我的淚水以及心中的什麼不停的流下來，流向樺胸前溫暖的海洋。

□

早晨的天空被濃厚的雲層包住，海面上甚至起了一層霧，灰白色的天空偶爾飄下了雨水。樺說要回台中而且想自己一個人回去，所以我也不再堅持要載她的念頭，巴士的候車牌就在伯利恆附近，下一班的車時間還夠充裕，樺想要走走，我陪著她並肩走在海岸邊的步道上，走了有五分鐘左右的時間，我們一句話也沒有說，就這麼讓帶有冰冷感的海潮聲充斥在我們周圍，樺在蜿蜒的海岸線邊的某處停下來，將包包放著，雙手交叉靠在木造欄杆上，我也陪她就這樣面向海洋。

「我們，還會再見面嗎？」樺開口了。

我猶豫了一下。「我也不知道。」

「或許，我們不應該再給彼此包袱。」

我嘆了口氣。「我覺得，就像旋轉木馬一樣，看似追求的東西就在前方，但是其實我們都一直在旋轉，從原點出發又不斷的回到原點，不管是追求的或是被追求的，我們只能保持一個距離，但永遠觸碰不到彼此，一直到有人跳下旋轉木馬，才能看清這一切。」

「現在，我們都是跳下旋轉木馬的人嗎？」樺面對著海洋說。

「不，是蓉和阿杰，是他們跳下來了。」

樺轉過身靠近我將我抱住，輕輕的吻了我，海風拂動她的髮將我們接吻的畫面覆蓋住。

「我們現在，也該跳下旋轉木馬了。」樺說，她的眼神深不見底。

巴士從我的後方緩緩開了過來，樺招了招手，巴士經過我們在站牌附近停下來，輕輕的響了一下喇叭催促著離別。樺提起行李轉過身往巴士方向走去，走了一半她停下腳步又轉向我，手掌拱成圓形放在嘴巴前，就像拿著大聲公那樣一個字一個字用力喊著，這是我第一次也是最後一次聽樺這麼大聲的喊著。

「我——還——是——你——的——小曼——嗎？」

「永——遠——都——是！」

我也字字清楚的大聲喊了回去。

樺用力的揮手，揮手再揮手，那金黃色燦爛的笑容光彩眩目，我注視著樺的身影走進車門裡，巴士離開後露出伯利恆三個大字，那一瞬間好像有光線掃過我的眼睛，我突然明白，這就是所謂的救贖吧。

一切都在我們走進這救贖之地就已經註定好了，我渾身彷彿被宿命的色彩給塗滿，有一種不自在的抽離感，我轉過身面向海洋，從口袋將寫給蓉的那封信拿了出來，將它折成紙飛機，往海面一擲，飛得好遠好遠，只是霧還未散開，紙飛機穿進霧裡飛向未知又模糊的海平面，我直楞楞的望著，想從霧中找出些類似答案的東西，然而，霧仍然沒有散開。

The End

後記

或許以後的書我不會寫後記，但對於這本書我想有寫後記的必要。

這部作品對我來說也許不能稱為作品，賦予它作品兩個字我想太過於高尚，我也只是個平凡人在平凡世界裡發生了平凡的故事，而且，我深信每個人的生命中都有這樣的故事。回想創作的過程，我到現在都還有些餘悸猶存，那就像被某種東西穿過外衣再穿透皮膚最後深入骨髓裡撫摸一樣，不管是在下雨的深夜房間裡，或是在吵雜咖啡廳裡戴著耳機，這些文字和畫面總是能輕易的擊倒我，我不禁感覺到，遺忘真的是一件很幸福的事情。而這無法遺忘的真實故事現在卻靜靜的躺在你們手上，讓我對你們產生了莫名的親密感，也許我們從不認識，也許認識但是不熟，我都希望這故事能夠為你們帶來些什麼，哪怕是一點點也好。

由於這是我人生中第一部小說，所以在此要謝謝主編的力挺以及春天出版社的各位大力幫忙，我也許不是一匹千里好馬，但你們永遠是我的伯樂，而我也會盡我所能的成為你們心目中的好馬，謝謝你們。

最後，此書獻給已從我的世界裡離開的以及尚未離開的朋友們。

KAI

All about Love / *07*

愛與，擁有後的遺憾

國家圖書館出版品預行編目資料
愛與，擁有後的遺憾／KAI 著.
— 初版. — 臺北市 ： 春天出版國際, 2011.10
面； 公分. — （All about Love ；07）
ISBN 978-986-6345-90-6（平裝）
857.7　　　　100011603

ISBN 978-986-6345-90-6
Printed in Taiwan

作　者　KAI
封面設計　克里斯
內頁編排　三石設計
總編輯　莊宜勳
企劃主編　鍾靈

發行人　蘇彥誠
出版者　春天出版國際文化有限公司
地　址　台北市信義路四段458號3樓
電　話　02-7718-0898
傳　真　02-7718-2388
E—mail　frank.spring@msa.hinet.net
網　址　http://www.bookspring.com.tw
部落格　http://blog.pixnet.net/bookspring
郵政帳號　19705538
戶　名　春天出版國際文化有限公司
法律顧問　蕭顯忠律師事務所
出版日期　二〇一二年八月初版十八刷
定　價　180元

總經銷　楨德圖書事業有限公司
地　址　新北市新店區復興路45號3樓
電　話　02-2219-2839
傳　真　02-8667-2510

印刷所　鴻霖印刷傳媒股份有限公司

07

All about Love

07

All about Love